CyberBeauty

Die unglaubliche Entführung in die ferne Zukunft

ROMAN

Plus EXTRA-Ratgeber:
Gesundheit und Schönheit aus der Zukunft

VH-edition

Werden wir die Katastrophe überleben?

Oder kommt alles ganz anders?

Impressum

CyberBeauty
Die unglaubliche Entführung in die ferne Zukunft

Cover-Design und Farbseiten im Ratgeber:
Antje Mönch - Kontakt: *art-design@gmx.net*

Fotos & Abbildungen:
Cover: Vanessa Halen fotografiert von Heiko Kube
Textblock: Hemera Photo Objects, CCCollection, Privat-Archiv

Layout & Redaktion:
Vanessa Halen

Herstellung und Verlag:
Books on Demand GmbH,
Norderstedt

ISBN 3-8334-5295-1

Hinweis der Autorin:
Die Informationen und Ratschläge in diesem Ratgeber können keinesfalls eine fachmännische Diagnose oder Behandlung ersetzen. Eine Haftung der Autorin für Personen-, Sach- und Vermögensschäden ist daher ausgeschlossen. Bei ernsten Erkrankungen oder in Zweifelsfällen ist ein Arztbesuch dringend anzuraten.

Internet:
www.wellness-infoseite.de

In unseren Kindern liegen die Wurzeln unserer Zukunft...

Bibliografische Information der Deutschen Bibliothek:
Die Deutsche Bibliothek verzeichnet diese Publikation in der Deutschen Nationalbibliografie; detaillierte bibliografische Daten sind im Internet abrufbar über: http://dnb.ddb.de

Inhaltsverzeichnis Roman

Inhaltsverzeichnis Ratgeber

Vorwort

Sind Sie schon einmal entführt worden? Nein? Aber ich! Und zwar in die Zukunft. Das war ein absolut unheimliches Erlebnis mit einem unglaublichen Ergebnis. Diese haarsträubende Reise in die Zukunft hat mein Leben völlig verändert. Seitdem sehe ich die Welt mit anderen Augen. Zudem hat dieser Trip meine Forschernatur stark angeregt und mich dazu gebracht, dieses ungewöhnliche Buch zu schreiben.

Zwei Bücher in einem

Eigentlich wollte ich Ihnen ja nur meine verrückte Story aus der Zukunft erzählen. Aber ich kann nun mal die Ratgeberei nicht lassen! Neben meinem ersten Roman enthält dieses Buch auch wieder einen Ratgeber. Denn die gute Annelotte aus der Zukunft hat mir so viele außergewöhnliche Tipps und Ratschläge für die Gesundheit und Schönheit verraten, die ich Ihnen keineswegs vorenthalten möchte. Das ist aber noch nicht alles! Das Cover und die zahlreichen Farbseiten in diesem Buch wurden von meiner Freundin, der Grafik-Designerin Antje Mönch, mit Hingabe und Leidenschaft zum Thema gestaltet, so dass dieses Buch nun auch noch ein kleines Kunstwerk geworden ist.

Einzigartig und unbezahlbar

Eigentlich müsste dieses Buch einige tausend Euro kosten. Denn in die Recherchen und in die Entwicklung der Behandlungsmethoden habe ich sehr viel Geld gesteckt. Seit fast 30 Jahren bin ich nämlich stets auf der Suche nach den besten Mitteln und Methoden zur Behandlung von Gesundheits- und Schönheitsproblemen. Dabei verschlingen meine zahllosen Tests, Untersuchungen und Forschungen wahre Unsummen. Und ich spiele bei der Entwicklung und Erprobung dieser innovativen Behandlungstechniken auch noch selbst das Versuchskaninchen, damit ich Ihnen aus erster Hand darüber berichten kann. Ich teste auf eigene Kosten teure Präparate, Geräte und Wirkstoffe. Oft erlebe ich böse Enttäuschungen, weil die Werbung mal wieder ihren Mund zu voll genommen hat oder weil meine Experimente fehlschlagen. Vor solchen Enttäuschungen und vor einer überflüssigen Geldverschwendung möchte ich Sie mit meinen Ratgebern bewahren. Aber manchmal mache ich doch eine Entdeckung, die wirklich unbezahlbar ist.

Sparen Sie viel Geld für Ihre Gesundheit und Schönheit
Einige dieser unbezahlbaren Entdeckungen stelle ich Ihnen im Ratgeber dieses Buches vor: alles einfache Methoden, die jeder selbst anwenden kann - und alle mit sensationellen Ergebnissen. Sparen Sie zum Beispiel mehrere hundert Euro für eine Faltenunterspritzung und testen Sie mein Vakulifting für rund 10 Euro. Vergessen Sie den starren Botox-Blick und genießen Sie die relaxende Wirkung vom Mumienöl. Dieses einzigartige Öl entspannt Mimikfalten auf natürliche Art, ohne die Muskeln zu lähmen. Und wieder sparen Sie einige hundert Euro.

Die besten Methoden von A bis Z
Ob Falten, Pigmentflecken, Cellulite, Haarausfall oder stressbedingte Beschwerden - in diesem Buch finden Sie meine besten Methoden zur Linderung oder gar Beseitigung dieser Probleme und Beschwerden. Diese Behandlungsmethoden sind wirklich einzigartig in der Wirkung und dabei äußerst kostengünstig. Probieren Sie diese einfach aus und lassen Sie sich von der Wirkung überzeugen.

Ein Book on Demand in Eigenregie
Nach einigen Problemen mit meinem ersten Verlag habe ich mich im Jahr 2000 bewusst dafür entschieden, meine weiteren Bücher als Books on Demand zu veröffentlichen. Das Besondere an BoD ist nämlich, dass ich als Autorin alle Entscheidungen, die meine Bücher anbelangen, selbst treffen kann. Ich selbst lege das Layout und die Gestaltung der Cover fest und bestimme den Erscheinungstermin meiner Werke. Bei BoD nervt mich kein Verleger mit dummen Änderungswünschen. Hier habe ich die Möglichkeit, Ihnen meine Werke genau so zu präsentieren, wie ich sie mir vorstelle. Und das inzwischen mit großem Erfolg. Nach meinem BoD-Erstling „Ein neues Leben!“ landete ich mit „BioAging“ einen Topseller und mit „Die neuen Schlank-Pusher“ sogar einen BoD-Bestseller, der mehrere Wochen auf Platz 1 rangierte. Nun hoffe ich, dass Ihnen auch dieses Werk wieder gut gefällt.

Ich wünsche Ihnen viel Freude beim Genuss dieses Buches!

Ihre Vanessa Halen

1 Die geheimnisvolle Nacht

Es geschah mitten in der Nacht. Mitten in der tiefen Nacht wachte ich auf und fühlte etwas Unheimliches, etwas Bedrohliches. Ich öffnete langsam meine Augen und erkannte nichts als die rabenschwarze Dunkelheit. Immer wieder schloss und öffnete ich die Augen, doch die tiefdunkle Finsternis wich nicht von mir. Der Radiowecker links neben mir leuchtet normalerweise so hell, dass ich in der Dunkelheit die Umrisse der Möbel im Schlafzimmer erkennen kann. Doch jetzt schien die Dunkelheit wie eine bleierne Decke auf mir zu liegen. Bedrückend und beängstigend. Ich versuchte meinen Kopf langsam nach links in Richtung Radiowecker zu bewegen, um die Leuchtziffern zu erkennen. Doch irgendetwas lähmte meinen Kopf. Ich versuchte meine Hände zu bewegen. Meine Füße. Nichts! Ich war völlig gelähmt!

Ich fühlte wie sich die Angst durch meinen ganzen Körper schlich, wie sich mörderische Panik in mir breit machte. Mein Herz schlug wie eine Basstrommel pochend bis in meinen Schädel. Mit jedem Herzschlag schoss das heiße Blut durch meinen Körper, durch jede einzelne Ader. Ich fühlte wie meine Halsschlagader anschwoll und dabei zu platzen drohte, mir dabei mehr und mehr den Hals zuschnürte. Und ich hörte jeden einzelnen Pulsschlag wie dumpfe Schritte, die aus der Ferne immer näher zu rücken schienen.

Ich atmete ganz flach, um keine Atemgeräusche zu verursachen, um meine Umgebung wenigstens mit meinem Gehör wahrzunehmen. Doch ich hörte nichts als eine unendliche Stille, die mich zu erdrücken drohte. Immer wieder versuchte ich mich zu bewegen. Einen Fuß. Eine Hand. Einen Finger. Doch ich lag wie gelähmt in meinem Bett und konnte nicht einmal meinen Kopf zum rettenden Wecker drehen. Völlig leblos lag ich in meinem Bett und ahnte tief in mir, dass die Dunkelheit noch böses Unheil bringen würde.

Plötzlich drang ein schwacher Lichtschein aus dem Flur durch die offene Schlafzimmertür direkt vor mir. Ein leichtes Flackern, das die unheimliche Finsternis von meinen Augen nahm. Ich konnte also sehen, wenn auch nicht das Leuchten vom Radiowecker. Gebannt starrte ich auf die Tür und auf das, was mich da erwartete. Meine Augen wichen nicht mehr von der Tür, nicht mehr von dem flackernden Licht, das bedrohlich zu mir drang. Mit jeder Sekunde wurde das schwache Flackern etwas intensiver, und mit jeder Sekunde spürte ich deutlicher, dass da etwas Unheimliches passierte.

Erneut versuchte ich meinen Kopf zur Seite in Richtung Radiowecker zu drehen. Langsam, ganz langsam, konnte ich meinen Kopf bewegen. Millimeter um Millimeter drehte ich meinen Kopf nach links. Es dauerte unendlich lange, bis ich schließlich auf den Wecker blicken konnte. Doch zu meinem Entsetzen sah ich nichts. Der Wecker war rabenschwarz wie die Nacht. Die Ziffern leuchteten nicht. Ich konnte die mir so vertrauten rot leuchtenden Ziffern einfach nicht erkennen. Explosionsartig schoss mein Blut wie ein heißer Vulkanausbruch durch meinen ganzen Körper. Was war hier nur los?

Mein Herz raste vor Angst. War etwa der Strom ausgefallen? Oder hatte gar jemand ganz gezielt die Sicherung herausgedreht? War ich nicht alleine in meiner Wohnung? Oder stand dieser Jemand gerade in diesem Moment genau vor mir und versperrte mir den Blick auf den Radiowecker? Würde er mir im nächsten Augenblick etwas antun? Mein Blut kochte vor Panik. Ich traute mich nicht mehr zu atmen und hielt die Luft an. Tausend angstvolle Gedanken schossen durch meinen Kopf und quälten mich. Würde ich diese grausame Nacht überleben?

Dann siegte plötzlich meine Atemnot. Ich musste wieder atmen, wenn ich nicht ersticken wollte. Ich atmete ganz vorsichtig, aber tief durch. Es passierte nichts. Es blieb totenstill. Also fasste ich meinen ganzen Mut zusammen und tastete mich behutsam mit meiner linken Hand aus dem Bett. Mit der rechten Hand bewegte ich wie in Zeitlupe meine Bettdecke ganz langsam von meinem Oberkörper. Meine Beine zogen sich ebenfalls sehr langsam zusammen, um vorsichtig aus dem Bett zu steigen. In meiner tiefen Angst konnte ich selbst nicht fassen, was ich da tat. Aber ich wollte schließlich wissen, woher das flackernde Licht im Flur kam. Wenn der Strom tatsächlich ausgefallen war, was oder wer verursachte dann dieses Licht?

Mutig stand ich nun neben meinem Bett. Ich wollte jetzt wissen, was Sache war. Also setzte ich einen Fuß vor den anderen und schlich wie ein lahmendes Huhn zur Schlafzimmertür. Am Türrahmen hielt ich mich fest und schaute ganz vorsichtig in den Flur. Ich streckte langsam meinen Kopf durch die Tür und sah nach links in Richtung Lichtflackern. Das Licht kam eindeutig aus dem Wohnzimmer. Es sah so aus, als wäre der Fernseher eingeschaltet gewesen. Hatte ich wohl vergessen, den Fernseher auszuschalten?

Mittlerweile kam mir die Situation fast lächerlich vor. So viel Aufregung für einen vergessenen Fernseher. Aber wieso war dann der Radiowecker aus? Nun, der hatte wohl einfach seinen Geist aufgegeben. Das dachte ich mir jedenfalls und ging in Richtung Wohnzimmer. Als ich an der Abstellkammer vorbei kam, schnappte ich mir aber sicherheitshalber noch schnell den Schrubber, der da in der Ecke stand. Man kann ja schließlich nie wissen.

Mit dem Schrubber bewaffnet fühlte ich mich auch gleich viel sicherer. Ich hielt den Schrubberstiel mit beiden Händen fest umklammert und schritt mutig ins Wohnzimmer. Tatsächlich, der Fernseher flackerte, allerdings schien er kaputt zu sein, denn er zeigte kein Bild. Also knippste ich das Licht im Wohnzimmer an, um der Sache auf den Grund zu gehen. Aber, was für ein Schreck, das Licht ging nicht an. Wie ein Blitz fuhr es durch meinen Körper, und schon wieder raste mein Puls. Wie verrückt knippste ich den Lichtschalter an und aus. Aber nichts tat sich. Wenn der Strom ausgefallen sein sollte, warum flackerte dann der Fernseher?

Scheiße! Jetzt musste ich wohl mutterseelenalleine in den dunklen Keller gehen, um die Sicherung zu kontrollieren. Und da fühlte ich mich mit dem blöden Schrubber plötzlich nicht mehr so sicher. Meine Hände begannen derart zu zittern, dass der Schrubber nur so vibrierte. Ich Angsthase musste nun nochmal allen Mut zusammennehmen und in den Keller gehen. Doch noch bevor ich das Wohnzimmer verlassen hatte, flackerte der Bildschirm so hell, dass er das Zimmer voll ausleuchtete. Das Leuchten wurde immer heller, immer intensiver. Und ich stand völlig hilflos da und wusste nicht, was ich tun sollte.

Plötzlich wurde das Licht so gleißend hell, dass ich wie von der Sonne geblendet war. Das ganze Wohnzimmer strahlte wie im grellsten Flutlicht. Ich musste meine Augen schließen, wenn ich nicht erblinden wollte. Während das Mega-Flutlicht meine Augen überwältigte, wurden meine Ohren von einem immer lauter werdenden Summen betäubt. Aus dem Summen wurde ein heftiges Dröhnen, der Boden vibrierte wie bei einem Erdbeben. Und ich stand wie angewurzelt mitten im Wohnzimmer, versuchte mich mit dem Schrubber in den Händen zu schützen und wartete nur darauf, dass der Fernseher jeden Moment explodierte.

Peng! Es krachte gewaltig, und ich zuckte zusammen. Doch der Fernseher war nicht explodiert. Stattdessen tat sich über mir von der Zimmerdecke ein riesiger Lichtkegel auf, der wie ein Geschoss auf den Fußboden knallte. Rumms! Aus Reflex kniff ich meine Augen zu und biss meine Zähne zusammen. Nach einem dumpfen Knall war es schlagartig mucksmäuschenstill. Kein Summen, kein Dröhnen mehr.

Langsam öffnete ich meine Augen wieder, um zu sehen, was da Gewaltiges geschehen sein musste. Und siehe da, im Wohnzimmer brannte plötzlich das Licht. Ich war zwar noch von dem grellen Lichtkegel geblendet, aber ich erkannte trotzdem vor mir auf dem Fliesenboden zuckendende, kleine Blitze, die im Kreise tanzten. Und mittendrin hockte, du heiliger Strohsack, ein Kerl. Ein fremder Kerl hockte plötzlich mitten in meinem Wohnzimmer auf dem Boden direkt vor meinen Füßen.

Wie versteinert stand ich da und konnte es nicht glauben, dass da vor mir ein Kerl hockte. Den Schrubber hielt ich krampfhaft vor das hübsche Gesicht dieses Eindringlings. Ja, ein sauhübsches Gesicht hatte das Bürschchen. Und so unschuldig blickten mich zwei stahlblaue Augen mit dichten, langen Wimpern an. Sein Gesicht wirkte männlich-markant, aber dennoch so jugendlich-zart und makellos rein. Halblange, schwarz-blaue Haare im Strubbellook umrahmten das perfekte Teenie-Boy-Gesicht, das mit einer süßen Stupsnase und wohlgeformten Lippen geschmückt war.

Passend zu seinen bläulichen Haaren trug dieser bildschöne Knabe einen hautengen, mittelblauen Gummianzug mit großen Protektoren an Schultern, Ellenbogen, Brust und Knien. Seine Füße steckten in flachen, ebenfalls mittelblauen Gummistiefeln mit silbernen Schnallen an den Außenseiten. Wow, was für ein knackiges Exemplar von Mannsbild, dachte ich mir. Eine Schönheit wie aus dem Computer, wie ein echter Cyber-Beauty eben.

Dennoch verlor ich den blutigen Ernst der Lage nicht aus dem Sinn und hielt meinen schlagkräftigen Schrubber fest vor die kleine Nase des gutaussehenden Jünglings. Hätte er sich auch nur einen einzigen Millimeter bewegt, dann hätte ich ihm mit meiner Mordswaffe das Hirn aus dem scheißen-hübschen Schädel gekloppt. Oder irgendwie sowas. Jedenfalls hatte ich scheinbar die Situation fest im Schrubber-Griff und fühlte mich gar nicht mal mehr so ängstlich. Stark, ja richtig stark, kam ich mir gegen dieses süße Baby-Face vor.

„Wer bist du? Und woher kommst du?“, fragte ich in strengem Ton den zarten Knaben. Mit seinen großen, stahl-kornblumen-meerblau-en Funkel-Augen sah er mich an und antwortete mit einer erstaunlich männlich-herben Stimme.

„Mein Name ist Ron. Und ich komme aus aus der Zukunft. Genau aus dem Jahr 2256.“ Seine Stimme klang so männlich tief und passte gar nicht zu seiner zartbesaiteten Knabenerscheinung.

„Bitte tu mir nichts! Ich bin in friedlicher Absicht gekommen. Ich kann dir alles erklären!“

Irgendwie wirkte der Süße ja ganz hilflos. Wovor sollte ich da noch Angst haben? Überhaupt, wenn dies keiner meiner irren Träume war, dann war diese Situation einfach zu aufregend, um sie mit unkontrollierter Panik zu vermasseln. Also blieb ich ganz cool.

„Soso! Ron heißt du. Und aus der Zukunft kommst du. So ganz einfach aus der fernen Zukunft fällst du mir von der Wohnzimmerdecke vor die Füße. Das ist ja total bescheuert! Da musst du mir ganz sicher etwas erklären!“, tönte ich hart, wobei ich mir ein Grinsen fast nicht verkneifen konnte.

„Bitte nimm deine schreckliche Waffe weg“, flehte er mich an, „und lass mich aufstehen. Ich werde dir dann alles erklären.“ Schreckliche Waffe, als er das sagte, musste ich innerlich grunzen. Der Schrubber war schon etwas älter, und seine Borsten standen kreuz und quer, waren schon gut abgenutzt. Aber dass dieses olle Ding so gefährlich wirken konnte, das habe ich selbst so nie bemerkt. Also nahm ich den Stinkewischer ein paar Zentimeter zurück.

„Na, gut! Steh´ langsam auf und halte deine Arme dabei fest an deinem Körper!“, sagte ich so daher und fand das richtig gut. Wie in einem dieser zahllosen Vorabendkrimis, wo die Guten die bösen Jungs zur Rede stellen. Nur, dass der süße Ron ganz und gar nicht böse wirkte. Aber: sicher ist sicher!

Ron stand ganz langsam auf, und dabei wurde aus dem süßen Knaben ein ausgewachsener Hüne, ich schätzte ihn so auf gute 1,90 Meter. Leck mich am Schnürsenkel, sooo groß! Und was für eine affengeile Figur. Mir flogen fast die Augen aus meinem noch immer etwas verschlafenen Schädel. Mann-o-Mann, das war ja ein echter Prachtkerl. Und sein Prachstück, sorry, aber da habe ich auch gleich hingucken müssen, war in seinem knackig-engen Gummidress hinter einem extragroßen Gummiprotektor versteckt. Was für ein Traumboy!

Und ich, ich stand wie eine verschlafene Nachteule im Frottée-Schlafanzug vor diesem hübschen Kerl. Meine Haare zum Püschelzopf hochgebunden, meine Fratze mit fettiger Nachtcreme eingeschmiert. Ganz zu schweigen von meiner Zahnspange, die ich seit meiner Zahnkorrektur vor über 20 Jahren hin und wieder nochmal trage. Nein, was habe ich mich da plötzlich geschämt! Schnell schoss meine rechte Hand vom Schrubber zu meinem Mund, holte den alten Beißerhobel raus und legte ihn irgendwo auf den Wohnzimmerschrank. Dann musste ich etwas verschmitzt grinsen. War mir das peinlich!

„Nun“, ich musste erstmal schlucken, „dann erkläre mir doch mal, was hier so abgeht!“ Ron stand kerzengerade vor mir, seine Arme und Hände fest an seinen strammen Oberschenkeln, und begann zu erzählen.

„Ich komme aus dem Jahr 2256 und habe den Auftrag, die Menschheit vor dem Untergang zu bewahren. In deiner nächsten Zukunft, innerhalb der nächsten Jahre, werden sich immer mehr Katastrophen ereignen. Einige davon hast du bereits kennengelernt oder sogar selbst erlebt: verheerende Überschwemmungen, gewaltige Tsunamis, schwerste Erdbeben und weitere Katastrophen. Aber die schlimmste Katastrophe ist der Mensch selbst. Durch sein unbegreifliches Handeln sich selbst und anderen Mitmenschen gegenüber provoziert er die gefährlichste Katastrophe selbst: eine unaufhaltsame Viruspandemie, die möglicherweise mehr als zwei Drittel der Menschheit auslöschen wird.“

„Stop!“, unterbrach ich Ron, der seinen Text völlig ohne Mimik wie ein Roboter herunterratterte. „Und was, bitteschön, hab´ ich mit dem Weltuntergang zu tun?“

„Ganz einfach! Du bist Buchautorin, und du sollst darüber schreiben. Zu deinen Buchthemen gehören Gesundheitsvorsorge und Lifestyle. Und genau da liegt das Problem der Menschheit in deiner Zeit.“

„Wow, das ist ja schon fast eine besondere Ehre, wenn jemand aus der fernen Zukunft extra zu mir reist, um mich um Hilfe zu bitten. Da muss ich es ja doch noch mal zu einem Namen bringen, der nicht nur über die Grenzen hinweg, sondern auch in ferner Zukunft bekannt ist. Wäre jedenfalls klasse!“, säuselte ich fast erfreut. „Aber wo liegt denn genau das Problem?“

„Das Problem ist die Lebensweise der Menschen. Hektik, Stress, eine unvernünftige Ernährung. Es kommen viele negative Faktoren zusammen, die allesamt die Menschen krank machen. Neue Krankheiten werden provoziert.“

„Ja, das stimmt!“, unterbrach ich Ron. „Genau mein Reden. Genau darüber schreibe ich ja auch in meinen Büchern. Viele Menschen sind einfach selbst schuld, dass es ihnen nicht gut geht!“

„Leider bleibt aber die Zeit nicht stehen!“, lenkte Ron ein. „Die Entwicklung der Menschheit scheint aus dem Ruder zu geraten. Immer mehr Menschen leiden unter einer Immunschwäche. Und genau das wird der Menschheit schon sehr bald zum Verhängnis werden, wenn sich nichts ändert.“

„Was soll sich denn ändern? Und vor allem: wie soll sich was ändern?“, fragte ich gespannt. Mir war selbst klar, dass viele Menschen sich durch ihr gedankenloses Verhalten regelrecht selbst hinrichten. Aber das wollte mir Ron sicher nicht erklären. Sein Besuch aus der fernen Zukunft mitten in der Nacht bei einer schlaftrunkenen Sachbuchautorin musste heftigere Gründe haben.

„Das alles kann ich dir genau zeigen. Wenn du mit mir in meine Zeit kommst, dann kann ich dich genau aufklären.“

„Waaas? Ich soll mit dir durch die Zeit reisen?“ Entsetzt starrte ich Ron an. Was so abenteuerlich klang, empfand ich persönlich in meiner derzeitigen Situation als böswillige Entführung. Was sollten denn die Menschen in der Zukunft von einer Nachteule mit Zottelhaaren und

Schmiergesicht im Schlafanzug halten? Nee, das war nicht drin. Nicht mit mir! Die Begegnung mit Ron war mir ja schon abgrundtief peinlich.

„Nein! Ron, das geht nicht. Ich seh´ ja aus wie eine Schlampe im Gammel-Schlafanzug. Und ich bin total ungeschminkt. Und meine Haare! Nein! Das geht wirklich nicht! Ich schäme mich ja schon vor dir in Grund und Boden!"

„Das ist doch nicht schlimm", entgegnete Ron ganz trocken, „wenn wir in meiner Zeit sind, dann bekommst du sofort einen Lifedress, so einen Anzug wie ich selbst trage. Und deine Schminke und deine Haare sind überhaupt kein Problem. Im Beauty-Center wirst du nach Wunsch geschminkt und gestylt. Das wird dir sicher gefallen."

Was Ron da erzählte, hörte sich ja nicht schlecht an. Und eine Zeitreise in die ferne Zukunft haben sicher auch noch nicht so viele Menschen gemacht. Aber etwas unsicher war ich mir dann doch noch. „Sag mal, Ron, wie funktioniert eigentlich so eine Zeitreise? Ist das denn überhaupt sicher? Und komme ich auch wohlbehalten wieder zurück?"

„Eine Zeitreise ist möglich durch generierte Wurmlöcher. Wir haben inzwischen die Technik entwickelt, mit der man Wurmlöcher, das sind energiereiche Lichttunnel, zwischen zwei Zeiten und Orten fix positionieren kann. In diesem Fall zwischen meiner und deiner Zeit, zwischen meinem Terminal und deinem Wohnzimmer. Durch diese Tunnel reisen wir dann wie mit einem schnellen Lift von einem Ort zum anderen. Und sicher werde ich dich auch wohlbehalten wieder zurückbringen. Aber wir haben für diese Reise nur 24 Stunden Zeit. Dann schließt sich der Zeittunnel automatisch und kann nicht wieder eröffnet werden." Ron wirkte jetzt etwas bestimmter, aber von Emotionen war da überhaupt keine Spur.

„Ich weiß, es klingt verrückt: Aber ich komme nur deshalb mit, weil ich das alles so aufregend finde. Ich lebe nur einmal und habe nicht immer die Gelegenheit, so etwas zu erleben. Und wenn ich am Ende aufwache und in meinem Bett liege, dann weiß ich wenigstens, dass ich einen megastarken Traum hatte. Ja, ich komme mit!", betonte ich ganz deutlich und war schon irre neugierig auf den außergewöhnlichen Ausflug in die Zukunft.

„Gut", sagte Ron, und zwar immer noch mit stocksteifer Miene, „dann lass´ uns jetzt starten. Die Zeit läuft bereits!"

2 Die Reise in die Zukunft

Ja, nun stand ich da in meinem Wohnzimmer. Bereit für eine Zeitreise in die Zukunft. Irgendwie erschien mir die Sache überhaupt nicht real. Aber selbst wenn dies einer meiner verrückten Träume sein sollte, ich wollte nun wissen wie es weitergeht.

„Bitte schalte zuerst das Licht aus. Ich muss sichergehen, dass keine elektrischen Stromquellen genutzt werden. Sonst kommt es nämlich zu Energie-Überladungen, die einen unkontrollierten Zeitriss verursachen können. Und dann könnte es passieren, dass wir nicht genau im Jahre 2256 ankommen.“ Was Ron da sagte, war mir eigentlich nur recht. So wie ich in meinem Nachtfummel aussah, wollte ich auch nicht, dass mich irgendjemand sieht. Also machte ich brav das Licht aus. Und, schwupps, war es wieder stockdunkel. Aber diesmal ratterte mein Herz nicht mehr so wie eine Nähmaschine im Starkstrombetrieb. Ich fühlte mich ganz wohl.

„Bitte, reiche mir jetzt deine Hände. Dann hocken wir uns gemeinsam auf den Boden. Und dann kann es auch schon losgehen.“ Gerne reichte ich Ron meine Patschepfötchen und hockte mich mit ihm darnieder. Das war richtig aufregend.

„Ich werde gleich den Zeittunnel öffnen. Dann wird sich eine Lichtglocke um uns herum aufbauen, und wir werden in dieser Glocke durch den Zeittunnel reisen. Die Geschwindigkeit ist enorm. Bitte bleibe einfach in der Hocke sitzen und halte dich an mir fest. Bereits in wenigen Minuten werden wir dann landen.“

Mann, was war ich schon neugierig auf diese Zeitreise. „Okay! Es kann losgehen!“, trällerte ich freudig. Ich konnte es schon nicht mehr abwarten. Und im nächstem Moment tanzten viele kleine Lichtblitze im Kreis um uns herum, die sich ziemlich schnell zu einer hellen Lichtglocke aufbauten. Das Licht wurde immer greller. Der Boden unter uns begann zu vibrieren. Und plötzlich gab es einen lauten

Zischlaut. Ich wurde mit einem wahnsinnigen Druck auf den Boden gepresst, in etwa so, als würde ich mit Lichtgeschwindigkeit in einem Aufzug in den Himmel katapultiert werden. Dieser Druck, wohl durch die enorme Geschwindigkeit hervorgerufen, presste mich so dolle zu Boden, dass ich das Gefühl hatte, mein Magen hing mir zwischen den Füßen. Mir wurde dabei etwas schwindelig, vielleicht auch ein klein wenig übel. Ich war nur froh, dass ich vor dem Zubettgehen nochmal auf der Toilette war. So konnte wenigstens nichts in die Hose gehen. Kotzen wäre bei dieser Affengeschwindigkeit sowieso niemals drin gewesen. Und so hielt ich den abnormen Geschwindigkeitsrausch auch schön brav durch.

Vor mir hockte Ron, der mich genau beobachtete. Seine Augen wanderten immer wieder an mir rauf und runter, so, als wollte er mich kontrollieren. Ihm machte dieser Pressdruck scheinbar nichts aus. Denn außer seinem Augenrollen bewegte sich bei ihm nichts. Er verzog wieder einmal keine Miene. Dabei hätte er sicher ordentlich was zu lachen gehabt, mich vor sich zu sehen wie eine schlafwandelne Nachteule, die auf einer rasenden Raketentoilette sitzt und die mit leicht verzerrten Gesichtszügen mit ihren Exkrementen kämpft. Na, bei dem irren Tempo hätte mir ja auch wirklich was abgehen können. Aber ich habe schön brav versucht, alles bei und in mir zu halten. Ich habe alle Körperöffnungen gut zugekniffen.

So ein paar Minuten können ganz schön lang werden. Vor allen Dingen dann, wenn man das Gefühl hat, in einer Zentrifuge zu hocken und das Innere wird einem darin nach außen geschleudert. Während ich so in unfreiwilliger Kackstellung hockte, sah ich millionen Lichtstreifen an mir vorbeisausen. Ron und ich, wir rasten also in einem Schlauch aus unzähligen bunten Lichtern durch die Zeit.

Nach unendlichen Minuten, die mir aber eher wie Stunden vorkamen, bremste die Geschwindigkeit plötzlich so stark ab, dass ich fast das Gefühl hatte, wie eine leichte Feder durch die Lüfte zu fliegen.

Nach dem enormen Anpressdruck war dieses Gefühl schon richtig angenehm, ja geradezu erleichternd. Mir stieg ein zartes Lächeln auf die Lippen, so wie bei einer Erlösung nach einem harten Kampf auf der Kloschlüssel. Ja, so kam ich mir nunmal vor.

Endlich angekommen. Ich freute mich schon auf die Zukunft. Wie würden die Menschen in der Zukunft leben? Wo würden sie leben? Wären sie alle so schön wie Ron? Ach, tausend Fragen hatte ich. Und tausendfach neugierig war ich. Doch da tönte Ron: „Die Verbindung zwischen deiner und meiner Zeit ist nun sicher hergestellt. Wir können jetzt die Reise antreten."

Ich sah Ron entsetzt mit Riesenfroschaugen an. „Waaas? Bist du verrückt? Oder willst du mich verscheißern? Ich dachte, wir wären bereits durch den Lichtschlauch gereist und soeben in deiner Zeit gelandet."

„Nein. Wir sind noch nicht gereist. Wir haben gerade erstmal den Zeitnavigator justiert. Das dauert etwa drei Sekunden. Und jetzt kann unsere Reise beginnen."

Nein! Ich habe nur geschluckt. Den Zeitnavigator justiert? Drei Sekunden? Und die Reise stand uns noch bevor? Das konnte doch wohl nicht wahr sein. Ich war so froh, dass ich während dieser vermeintlichen Zeitreise alle meine Körperflüssigkeiten bei mir gehalten hatte, und dann sowas.

Erschöpft lächelte ich Ron an. „Na, gut. Dann lass´ uns die Reise antreten, bevor ich mich vergesse." Und ehe ich mich umsah, wurden wir in ein gleißendes Licht getaucht, heller als alles Licht zuvor. Und dann schossen wir los in Richtung Zukunft. Aber diesmal mit soviel Schmackes, dass ich mich nicht traue, diesen Tripp näher zu beschreiben. Ich bin ja schon ziemlich kirmeserfahren. Achterbahnen, Loopings, Freefalltower und was es da alles so gibt. Aber was ich bei dieser Höllentour mitgemacht habe, das möchte ich lieber nicht in

Worte fassen. Da käme nur Verflucht-Verflixter-Ober-Scheiß-Dreck bei raus. Nein, besser nicht!

Nur soviel: Am Ende der Reise war ich tatsächlich völlig am Ende. Schweißgebadet hockte ich vor Ron und musste erstmal wieder richtig zu mir kommen. Da ich während der Reise meine Augen fest geschlossen hatte, versuchte ich jetzt, meine Glubscher ganz langsam wieder zu öffnen. Die Lider ließen sich nur mühsam wie zwei Bleisäcke bewegen. Diese Fliehkraft, oder was auch immer, hatte mich völlig zusammengepresst. Wahrscheinlich war ich auch um 30 Zentimeter geschrumpft, meine Kinnlade hing spürbar ziemlich weit herunter, von meinen Brüsten mal ganz zu schweigen. Puh, was fühlte ich mich schlecht.

Als ich meine Augen geöffnet hatte, sah ich wieder nur Licht. Diesmal aber ein recht angenehmes Licht. Hell, aber nicht so grell wie im Lichttunnel. Wir hockten in einem kleinen Raum mit weißen Wänden. Der Raum wirkte zwar steril, aber dennoch fühlte ich sowas wie Geborgenheit. Klar, nach diesem Reiseerlebnis hätte ich mich sicher auch auf einer einsamen Eisscholle mitten in der Antarktis geborgen gefühlt. Ich war einfach froh, dass jetzt alles vorbei war.

„Sind wir jetzt da?“, fragte ich Ron etwas gequält. In der Hoffnung, dass er mir jetzt nicht noch eine Story à la Navigatorjustierung auftischen würde, versuchte ich meine ausgeleierten Lippen zu einem müden Lächeln zu bewegen.

„Ja, wir sind angekommen. Wenn du willst, dann können wir jetzt aufstehen.“ Ron sah mich dabei an wie ein Auto.

„Okay, dann wollen wir mal aufstehen“, meinte ich recht mutig. Aber so einfach war das nicht. Meine Knochen fühlten sich an wie Blei, und ich war so schlapp wie nach einem Marathonlauf. Aber trotzdem riss ich mich zusammen und stand unter Muskelkaterschmerzen langsam mit Ron auf. Aaaah, war das vielleicht ein Akt.

„Geht es dir gut?", fragte Ron und sah mich mit Riesenaugen an. Dieser Typ war schon merkwürdig. Erst behandelte er mich wie ein Stück trockenes Brot, und jetzt glotzte er mich an, als wäre ich das achte Weltwunder. Als ich dann langsam an mir selbst herunter sah, da begriff ich, und mich ergriff die absolute Panik.

„Ich bin ja nackt! Total nackt! Wo ist denn mein Schlafanzug?", schrie ich Ron entsetzt an und kniff meine Beine zusammen, fuchtelte mit meinen Händen, um meine Brüste zu verdecken. Und während ich so vor Ron vor lauter Scham herumhüpfte, sah ich hinter mir ein braunes Würstchen liegen.

„Das ist ja ein Köttel!", tönte ich total beschämt. Da hatte diese außergewöhnliche Reisemethode doch mehr Druck auf mich ausgeübt, als ich zunächst gedacht hatte.

„Das ist nicht schlimm!", versicherte mir Ron. „Sowas kommt durchaus vor, wenn Menschen das erste Mal durch die Zeit reisen. Und dein Schlafanzug ist einfach nicht mitgereist, weil er nicht organisch ist. Der liegt jetzt in deinem Wohnzimmer auf dem Boden."

„Ja, toll! Hättest du mir das vorher gesagt, dann wäre ich ganz sicher nicht mit dir gekommen. Dann wäre ich lieber wieder in mein warmes Bettchen zurückgekrochen!" Ich war so sauer wie eine unreife Zitrone. Da stand ich total entblößt vor diesem Beauty-Boy und hatte auch noch ein Ei gelegt. Peinlich!

„Du brauchst dich nicht zu schämen. Das ist völlig in Ordnung. Du bekommst jetzt auch einen Lifedress wie ich ihn trage." Während Ron das zu mir sagte, um mich zu beruhigen, griff er in eine weiße Kiste, die direkt neben uns stand. Darin befand sich ein silbergrauer Ganzkörpergummianzug, so einer wie Ron ihn trug. Nur eben nicht blau, sondern grau.

„Hier!", Ron hielt mir den Gummidress vor die Nase. „Da brauchst du einfach nur mit deinen Beinen einsteigen und deine Arme reinstecken. Der Rest erledigt sich von selbst."

„Wie, so ganz ohne Unterwäsche?“, fragte ich erstaunt nach. „Trägst du etwa auch keine Unterwäsche?“

„Nein! Sowas braucht man mit diesem Lifedress nicht. Das würde nur stören. Zieh´ deinen Lifedress einfach an, und du wirst dich wundern, wie wohl du dich darin fühlen wirst!“

Na, gut. Ich drehte mich um und zog den Gummianzug an. Erst die Beinchen, dann die Ärmchen, wie ein Strampelanzug für große Hosenscheißer. Und kaum hatte ich Arme und Beine im Anzug, da zog sich dieser auch wie von Zauberhand von unten nach oben automatisch zu. Wie eine Art Automatik-Reißverschluss. Das war schon irre. Und danach passte sich der Anzug perfekt meinem Körper an, so, als würde die überschüssige Luft abgesaugt werden. Der Riesenstrampler saß schließlich so perfekt, dass er eine echt gute Figur machte. So traute ich mich auch wieder, mich zu Ron umzudrehen.

„Der Lifedress sitzt wie angegossen!“, meinte Ron und hielt mir die zum Anzug passenden Stiefel hin. „Hier! Zieh´ noch diese Stiefel an, dann bist du fertig.“

Die Stiefel, ebenfalls in chicem silbergrau, hatten an den Außenseiten lange Einstiegsschlitze, so dass ich ganz einfach nur darin einsteigen musste. Und kaum hatte ich meine Quanten in den Stiefeln, da schlossen auch diese sich vollautomatisch zu. Total beeindruckend! Und absolut saubequem. Sowohl der Anzug, alsauch die Stiefel saßen wirklich wie angegossen, wie eine zweite Haut.

„Eins kann ich dir versichern, Ron: die Klamotten ziehe ich nicht mehr aus. Die sind ja wirklich saubequem!“, gab ich begeistert zum Besten. So wohl hatte ich mich noch nie gefühlt. Dennoch hatte ich große Sorgen um meine Astralschönheit, weil ich ja immer noch wie eine Schlafmütze aussah.

„Was ist eigentlich mit meinen Haaren? Und mit meinem Gesicht? So wie ich aussehe, kann ich unmöglich rumlaufen. Da müssen deine Freunde aus der Zukunft ja denken, du hast mich irgendwo auf einer Müllhalde ausgegraben.“

„Das musst du auch nicht. Wir gehen jetzt sowieso zuerst ins LifeCenter, da wirst du erstmal gründlich durchgecheckt. Dort wird überprüft, ob du die Zeitreise auch ohne größeren Schaden überstanden hast, ob du völlig in Ordnung bist. Und dann..."

„Waaas?", unterbrach ich Ron, „Welche Schäden kann man sich denn beim Zeitreisen so zuziehen? Ich glaub´, mich tritt ein Pferd oder was. Auf Schäden habe ich keinen Bock. Da wäre ich doch lieber mit meinem Hintern im Bett geblieben!"

„Nun rege dich bitte nicht auf. Ich meine natürlich keine schwerwiegenden Schäden. Im LifeCenter wird einfach nur dein Blutdruck gemessen und überprüft, ob dein Kreislauf wieder stabil ist. Immerhin hat die Reise dich ja sichtlich ganz stark beansprucht. Und da wollen wir lieber auf Nummer Sicher gehen. Wir wollen einfach nur, dass es dir gut geht", erklärte Ron mir in seiner gewohnt emotionslosen Art.

„Ja, und was ist dann mit meinem Aussehen", forschte ich nochmal nach.

„Die Untersuchung dauert nicht lange. Direkt danach kümmert sich jemand um dein Aussehen. Dann wirst du ganz nach Wunsch gestylt. Das wird dir sicher absolut gefallen!"

Dann zog Ron mich am Arm. „Komm´ jetzt bitte, die Zeit läuft. Du wirst noch eine Menge erleben und noch viel mehr Fragen haben. Das müssen wir alles in 23 Stunden und 36 Minuten schaffen. Danach muss ich dich wieder in deine Zeit zurückbringen."

„Okay! Dann lass´ uns jetzt in dieses LifeCenter gehen, damit wir nicht noch wertvolle Sekunden verlieren", konterte ich mit einem breiten Grinsen im Gesicht und war schon sehr gespannt auf die Untersuchung, das Styling und natürlich die Zukunft.

3 Die Begegnung mit Annelotte

Ron und ich, wir verließen also das Terminal, ein kleiner Raum von etwa drei mal drei Metern. An einer Wand befand sich der Ausgang: eine schneeweiße Tür in einem schneeweißen Raum. Die Tür ist mir erst gar nicht aufgefallen. Aber nun war sie halt da. Ron drückte seine Handinnenfläche einfach gegen die Tür, und wie von Zauberhand schob sie sich ganz automatisch mit einem leisen Zischen zur Seite. Wie im Raumschiff Enterprise. Echt Science Fiction, diese Zukunft.

„Ron, ich komme mir vor wie bei Captain Kirk und Mister Spock auf der Enterprise“, stellte ich begeistert fest. „Da haben wir uns durch die Zeit gebeamt und sind in der fernen Zukunft gelandet. Irgendwie habe ich als Kind immer davon geträumt, mal mit Captain Kirk und seiner Crew durch den Weltraum zu reisen. Und jetzt das hier. Echt stark!“

Ron sah mich ziemlich entgeistert an. „Wer sind denn Kirk oder Spock oder Enterprise? Die kenne ich ja gar nicht.“

„Ha, das sind die Weltraumhelden aus unserer Zeit“, gab ich Ron zu verstehen. „Doch die sind oder waren leider auch nur reine Fiktion. Raumschiff Enterprise ist eine sehr erfolgreiche TV-Serie bei uns, die schon seit zig Jahren bei uns im Fernsehen läuft und immer wiederholt wird. Echt spannend. Die Serie habe ich als Kind gefressen, und auch heute noch finde ich sie super!“

Jetzt sah Ron mich noch blöder an als vorhin. „Ist ja auch egal. Wir gehen jetzt in den Untersuchungsraum. Komm´ bitte!“

Ja, dieser Ron. Gefühlvoll wie ein Sack Kartoffeln. Also hielt ich schön brav meine Klappe und watschelte mit Ron durch die Tür. Dahinter befand sich ein langer Flur mit vielen Türen. Auch wieder alles in weiß. Wie im Terminal. Wir waren ganz alleine in diesem großen Flur und gingen an rund zwanzig Türen vorbei. Alle Türen waren weiß, keine war beschriftet oder irgendwie markiert, eine sah aus wie die andere. Und der Flur war so lang, da schienen noch weitere fünfzig Türen zu sein.

„Mensch, sag mal Ron, wie erkennst du eigentlich bei so vielen gleich aussehenden Türen, wo wir rein müssen?“, kaum hatte ich das ausgesprochen, da war mir klar, dass dies eine echt doofe Frage gewesen sein musste. Jawoll, und dementsprechend sah Ron mich auch diesmal an.

„Das weiß ich eben. Und selbst wenn ich es nicht wüsste, mein Navigator im Lifedress würde mich schon führen“, zickte Mister Ron Oberschlau und ging schnurstracks weiter.

„Wow, dieser Lifeanzug ist ja wohl ein echtes Genie“, versuchte ich Mister Cool zu foppen. Aber der hatte darauf erst gar nicht reagiert und ließ mich eiskalt abblitzen. Dabei hätte ich ihn doch so gerne mal in Erregung erlebt, wütend, sauer oder stinkig, wenn er schon nicht lächeln konnte. Nix! Ron war wohl eine gefühllose Maschine. Ein Roboter. Oder wie diese Kunstmenschen im Science Fiction heißen: ein sogenannter Android.

Dann endlich, nach einem echten Gewaltmarsch und nach fast hundert Türen, blieb Ron stehen. „Hier müssen wir rein. Hier ist der Untersuchungsraum.“

„Ja, schön! Dann wollen wir da mal reingehen und sehen ob die liebe Vanny noch richtig tickt, ob die Zeitreise auch wirklich keine Schäden bei mir hinterlassen hat“, tönte ich mit erhobener Stimme.

„Wer ist denn Vanny?“, fragte Ron mich fast entsetzt. Klar, und guckte mich mal wieder ziemlich platt an.

„Ach, Ron, weißt du, Vanny ist meine kleine Schizo-Schwester, die tief in mir drinnen wohnt. So wie der kleine Ronny in dir“, versuchte ich Ron hochzunehmen. Doch der verzog keine Miene, hatte wohl nix kapiert.

„In mir wohnt kein kleiner Ronny“, versicherte der frigide Schlaumeier, „aber wenn ich einen finde, dann werde ich dir darüber berichten.“

Hey, hatte ich da wohl richtig gehört? Sollte das etwa ein Witz sein? Hatte Ron sich jetzt über mich lustig gemacht? Das wäre ja ein echter Fortschritt gewesen. Aber ehe ich auch nur weiter darüber nachdenken konnte, hatte Ron schon mit seinem Handabdruck die magische Schiebetür geöffnet.

Wir betraten einen kleinen Raum, ähnlich wie das Terminal, hell und freundlich. Mittendrin befand sich eine Art Untersuchungstisch mit einer weißen Polsterung. Und dahinter stand sie, die Frau, die mich wohl untersuchen sollte. Eine zierliche Person von etwa 1,60 Meter mit der Ausstrahlung einer Domina. Spitze Nase, spitzes Kinn und zwei kleine Augen, die mich recht unfreundlich anvisierten. Ihr Gesicht war ziemlich drastisch geschminkt, aber absolut perfekt. Auf dem Schädel trug diese Frau eine rote Lockenfrisur, die wie ein Riesenkegel auf ihr lastete. Und dann steckte sie auch noch in so einem hautengen Gummianzug. In feuerrot! Eben eine echte Lack- und Leder-Domina, die allerdings aussah wie eine zu groß geratene Spitzmaus mit einem knallroten Lockenturm als Kopfschmuck.

„Mein Name ist Annelotte. Iss werte tiss jetzt untersuken. Pitte lek tiss hier auf ten Tiss.“ Als ich diese rothaarige Spitzmaus auch noch mit einer recht fiepsigen Stimme reden hörte, und dann diese Sprache, da musste ich mich schon richtig anstrengen, um nicht in ein Gelächter auszubrechen.

„Ja, geht in Ordnung“, lächelte ich die fiepsende Domina an und legte mich vorsichtig auf den Untersuchungstisch. Und kaum lag ich auf dem Tisch, da spürte ich ein deutliches Vibrieren in meinem ganzen Körper und zuckte zusammen.

„Tas ist nisst slimm! Tas sint nur tie Sensoren in teinem Lifetress. Tie scannen kerate teine Lepensfunktionen unt upermitteln mir tie Taten." Wow, ich war echt platt, als ich diese Annelotte mit ihrer merkwürdigen Aussprache hörte. Aber vielleicht war es ja auch eine Schwedin oder eine Dänin, oder?

„Wie heißt tu und wie alt pist tu tenn?", fragte sie mich. Ich glaube, ich habe Annelotte mit erstaunten Glubschaugen angestarrt, als ich ihr in zwei Worten knapp antwortete: „Vanessa. 43!"

„Fanessa. Ssoner Name. Aper tu pist erst treiundfierßik? Ssau, iss pin sechsundneunßik. Ta mussen wir aper etwas tun", meinte die rote Zora zu mir. Und wenn ich sie richtig verstanden hatte, dann war Annelotte tatsächlich 96 Jahre alt. Erst dachte ich, dass die Menschen in der Zukunft eine neue Zeitrechnung hätten. Aber das wäre ja unsinnig gewesen. Warum nur sah dann die alte Schreckschraube so gnadenlos jung aus?

„Sechsundneunzig? Wow, du siehst keinen Tag älter aus als Mitte dreißig! Wie geht das denn?", fragte ich Annelotte höchst erstaunt und lobte gleichzeitig ihr tolles Aussehen. Ich hoffte doch sehr, dass diese alterslose Comicfigur mir ihr scheinbar hochwirksames Jungbrunnen-Geheimnis verraten würde.

„Tann ssauen wir tok erst mal teine Untersukunkswerte an. Tanak ssauen wir weiter", antwortete die konservierte Schönheit. Dann fuhr sie mit einer Art Handy von Kopf bis Fuß über meinen ganzen Körper und ratterte auch gleich mit dem Befund los:

„Pluttruk normal. Puls in Ortnunk. Kreislauf stabil. Keine Propleme pei ter Zeittransformation. Aper iss sehe Propleme pei der allkemeinen Tursssplutunk. Tie kleinsten Plutgefaße arbeiten nisst mehr risstik und transportieren zu wenik Plut in tie Orkane. Tas fuhrt ssu einem Defizit an Sauerstoff und wisstigen Fitalstoffen. Tie Orkane altern vorsseitik. Aper noch sint keine großen Ssaden zu messen. Ta konnen wir was tun!"

Mmh, das hörte sich ziemlich dramatisch an. Aber immerhin hatte ich Annelotte so verstanden, dass sie für mich alte Oma doch noch etwas tun konnte.

„Hauptsache, du verpasst mir nicht gleich den Gnadenschuss. Denn ich möchte gerne noch etwas leben und vor allem erleben", meinte ich etwas selbstironisch.

„Ak, was, tas ist tok alles nisst so slimm. Tu bekommst jetzt einfak eine Injektion in ten Lifetress, unt tas Problem erledikt siss fon selbst. Tu wirst sehen."

„Willst du mir etwa eine Spritze verpassen? Mit welchen Wirkstoffen?", fragte ich erschrocken nach. Weiß der Geier, was da so passieren kann.

„Nein! Iss injiziere nur eine Losung mit Fitalstoffen in teinen Lifetress. Am Pauch ist eine kleine Kanule im Lifetress, unt ta kommen tie Wirkstoffe rein. Fon tort ferteilen siss diese Stoffe und werten uper ein Transportsystem, ahnliss wie tein Gefaßsystem, tirekt an Ort und Stelle gebrakt. Tort konnen sie tann arpeiten und teine Turssplutunk wieder normalisieren. Tann arpeiten auk teine Orkane wieter risstik. Tas wirst tu fuhlen, und tu wirst es auk sehen."

Was Annelotte mir da versprach, klang ziemlich wundervoll. Einfach den Gumminanzug mit Medikamenten auftanken, und der befördert schließlich die injizierten Wirkstoffe über die Haut an die betreffenden Organe. Total intelligent, diese Anwendungsform der Zukunft.

Vor lauter Begeisterung vergaß ich Ron. Aber der stand im Untersuchungsraum schön brav neben der Tür. Er starrte vor sich hin und regte sich nicht, so wie ein abgestellter Staubsauger. Möglicherweise waren seine Androiden-Sensoren ja während meiner Untersuchung ausgeschaltet.

„Annelotte", seufzte ich, „Ron hat mir erzählt, dass ich hier auch gestylt werde. Make up, Frisur. Machst du das auch?"

„Jaaa!", quietschte die rote Spitzmaus vergnügt. „Tas maken wir jetzt sofort. Unt tu wirst tiss nisst mehr wietererkennen. So toll wirst tu aussehen."

Natürlich hatte ich so meine Befürchtungen. Aber ehe ich weiter darüber nachdenken konnte, öffnete sich in der Zimmerdecke direkt über mir eine Art Schleuse und ein großer Spiegel mit breitem Rahmen fuhr daraus auf mich zu. Etwa fünfzig Zentimeter über mir stoppte dieser Spiegel und zeigte mir meine verschlafene Visage. Bäh, das war nicht schön.

„So, jetzt maken wir tiss sson. Ter Spiekel scannt jetzt tein Kesisst und vermisst tapei tie Kroße unt tie Form. Tanak wirt ein kenau auf teinen Typ beressnetes Make up im AirBrass-Ferfahren aufketraken. Kanz perfekt. Einfak toll."

Das hörte sich ja wirklich super an. Ein AirBrush-Make up kannte ich bisher noch nicht. Da war ich doch schon sehr neugierig, zumal ich mich vor vielen Jahren in einer Kaufhaus-Aktion schon einmal von einer sogenannten Visagistin habe anmalen lassen. Und ich sah ziemlich Scheiße aus, dass ich lieber ungeschminkt nach Hause gegangen wäre. Aber wenn ich Annelotte so betrachtete, dann musste dieses AirBrush-Make up ja wahre Wunder vollbringen.

„So, tu musst jetzt teine Auken ssließen, tamit tie Farptusen am Spiekel alles perfekt colorieren konnen", sprach Annelotte. Kaum hatte ich meine Augen geschlossen, da hörte ich ein leises Zischen und spürte einen leichten Luftzug auf meinem Gesicht. Aber überhaupt nicht unangenehm. Und schon nach wenigen Sekunden hörte ich Annelotte wieder fiepsen: „Fertik! Auken auf!"

Ich öffnete also meine Glubscher und sah in den Spiegel. Wow! Ich konnte nicht fassen, was ich da sah. Meine Haut, meine Augen und Lippen, alles war tatsächlich so makellos perfekt geschminkt, dass ich mich kaum wiedererkannte. Obwohl ich mich selbst gerne ausgiebig schminke, so habe ich jedoch nie zuvor ausgesehen. Einfach umwerfend super. Da stimmte wirklich jedes Detail. Sexy Katzenaugen und ein Schmollmund zum Knutschen. Ich war absolut begeistert.

„Mensch, Annelotte! Das ist ja total irre! Ich sehe besser aus als in meinen kühnsten Träumen. Wahnsinn!“, tönte ich vor Begeisterung. Dieses Make up war tatsächlich filmreif und machte mich sage und schreibe gut zehn Jahre jünger.

„Und was machen wir mit meinen struppigen Haaren?“, fragte ich schon neugierig nach. Ich konnte es schon nicht mehr abwarten, dass Annelotte mir jetzt noch eine megageile Frisur verpassen würde. Aber auch dabei war Annelotte wieder sehr schnell bei der Sache.

„Kein Proplem!“, kiekste sie vergnügt und zog eine Trockenhaube, wie man sie vom Friseur kennt, hinter dem Spiegel hervor.

„Jetzt musst tu tiss pitte hinsetzen. Unt tann setze iss tir ten Haarstyler auf teinen Kopf. Ter makt tir tann eine tolle Frisur.“

Gesagt. Getan. Kaum hatte ich die Haube auf dem Schädel, da brummte das Ding auch gleich los. Ich fühlte, wie meine Haare in die Haube eingesogen wurden. Mal stärker, mal schwächer. Und irgendetwas fummelte mir dabei auf der Kopfhaut rum. Das fühlte sich an wie eine Finger-Klopfmassage. Tok-Tok-Tok, und die Wunderhaube hatte ihren Dienst getan. Annelotte zog das Ding von meiner Rübe und schob den großen Schminkspiegel vor meine Nase.

Ich war baff. Was ich da im Spiegel sah, konnte ich nicht glauben. Diese Haube hatte aus meinem Stroh eine affengeile Blondmähne gezaubert. An den Seiten waren jeweils sechs Zöpfchen parallel eng an den Kopf geflochten, die schräg nach oben zum Hinterkopf verliefen und dort wie eine Fontäne zu einem langen, wilden Zopf explodierten. Mein Oberkopf war füllig aufgebauscht, ohne wie toupiert zu wirken. Und mein perfekt geschminktes Gesicht wurde von einem schnurgeraden Pony geziert. Einfach unglaublich! Eine echte CyberBeauty!

Ich stand vom Untersuchungstisch auf, um meinen kompletten Astralkörper im Spiegel zu bewundern. Da stand ich nun: die perfekte Braut aus der Zukunft. Dieser silbergraue Lifedress machte eine superknackige Figur wie ein Ganzkörpermieder. Mein Gesicht war gestylt wie die aufgemotzten Modepüppchen in den Kosmetikanzeigen in den bunten Frauenmagazinen. Makellos perfekt. Kein Fältchen, kein Pickelchen. Einfach nur perfekt. Und die Frisur war echt stylisch. Sowas hätte ich selbst nach einem Intensiv-Klöppelkurs für Unbeholfene nicht hingekriegt. Ich fand mich super-mega-affen-titten-geil!

„Annelotte!“, quietschte ich vor Begeisterung. „So klasse habe ich noch nie ausgesehen. Nicht mal in meinen Träumen. So eine tolle Beauty-Maschine hätte ich auch gerne zu Hause.“

In Annelottes Gesicht war sowas wie ein zaghaftes Lächeln zu erkennen. Hatte ich mir jedenfalls so eingebildet. Immerhin hatte ihre Wundermaschine mich richtig happy gemacht. Und darüber hätte sie sich schließlich auch freuen müssen.

„So, Fanessa. Tu pist jetzt pereit fur teine Mission. Tu kannst jetzt mit Ron weiterkehen. Tie Sseit ist knapp!“, sagte Annelotte ohne Umschweife und verwies mich an Ron, der noch immer wie ein abgestellter Staubsauger neben der Tür stand.

„Und? Bist du zufrieden?“, fragte Ron mich, ohne auch nur irgendwie von meiner strahlenden Schönheit geblendet zu sein. Jedem Mistkerl wären bei meinem Anblick sicher die Augen übergegangen und die Kinnlade wäre runtergefallen. Aber Ron? Nix! Nur die trockene Frage, ob ich denn zufrieden sei. Arsch!

„Ist ganz nett, was Annelotte gemacht hat“, antwortete ich beleidigt. „Können wir jetzt gehen? Die Zeit läuft ja schließlich! Und ich will wieder zurück in mein Bett! Also, mach hin, Ron!“ Meinen Zorn konnte ich fast schon nicht mehr verbergen.

„Gut! Dann gehen wir jetzt ins CineVision“, meinte der Blindfisch zu mir. „Dort wirst du einen Film über deine nächste Zukunft sehen. Du wirst sehen, warum es so wichtig ist, dass du deinen Mitmenschen die Augen öffnen, ihnen neue Lebenswege zeigen sollst.

Sonst wird die Menschheit untergehen, und mit ihr auch unsere Welt. Das darf nicht geschehen!“

Das klang ziemlich hart. Aber ich verspürte sowas wie Angst in Rons Stimme. Ob sich da doch noch irgendwelche Gefühle in Ron regten?

4 Die CineVision

Ron und ich, wir machten uns also auf den Weg in dieses CineVision. Eigentlich wollte ich mich bei Annelotte noch für mein megatolles Outfit bedanken, aber dazu ließ Mister CyberBeauty mir keine Zeit. Blieb nur noch ein nettes „Tschüss" von mir und ein gepiepstes „Ssuss" von Annelotte. Das wars dann.

Wieder im hellen Flur mit den unendlich vielen Türen fragte ich Ron, ob Annelotte Dänin oder Schwedin sei, weil sie so eine ungewöhnliche Aussprache hatte. Aber der antwortete nur ganz kurz angebunden: „Nein! So sprechen wir alle!"

„Aber du sprichst doch ganz anders, eben normal", warf ich ein. Oder waren wir durch die Zeitreise gar in Dänemark oder Schweden gelandet?

„Ich bin auf deine Aussprache trainiert, damit du mich auch wirklich hundertprozentig verstehst. Das ist besonders wichtig, um dein Vertrauen in unsere Mission zu gewinnen."

Wenn Ron mein Vertrauen hundertprozentig gewinnen wollte, dann hätte er sicher mehr Gefühl zeigen müssen. Mich jedenfalls hätte es nicht sonderlich gestört, wenn er sich auch so witzig artikuliert hätte wie Annelotte. Dann hätte ich vielleicht wenigstens etwas zum Lachen gehabt. Nun gut. Ron war also ein gefühlloser, auf mich persönlich abgestimmter Android. Oder eben sowas.

„Ich will dich ja nicht nerven, Ron. Aber was ist eigentlich hinter all diesen Türen in diesem endlos langen Flur?", wollte ich ganz gerne wissen.

„Dort befinden sich noch weitere Terminals, Untersuchungsräume und CineVisions-Räume. Du bist nämlich nicht die Einzige aus deiner Zeit, die wir hier hergeholt haben. Da sind noch weitere Schriftsteller, aber auch andere wichtige Personen aus der Politik, aus dem Showgeschäft und aus weiteren Bereichen der Öffentlichkeit."

„Wow! Das klingt ja sehr interessant. Ihr macht ja eine richtig große Sache aus eurer Mission, was?", fragte ich nochmal nach.

„Ja, es ist uns sehr wichtig, dass unsere Botschaft auf breiter Ebene vermittelt wird. Die Menschen in deiner Zeit müssen dringend umdenken und ihren Lebensstil gewaltig ändern, damit es nicht zum Supergau kommt." Ron klang jetzt besonders ernst.

Kaum hatte Ron das ausgesprochen, da standen wir wieder vor so einer magischen Tür. Ron öffnete sie wie gehabt mit seinem Handabdruck. Und schon wieder befand sich dahinter ein kleiner, heller Raum. Mittendrin stand ein weiß gepolsterter Sessel, der wie ein ergonomisch geformter Massagesessel aussah. Auf dem Sitz lag ein silbernes Gerät, das wie eine überdimensionierte Brille aussah.

„Das ist ein CyberVisions-Raum. Nimm einfach im Sessel Platz und setze die CyberBrille auf. Dank modernster Prismentechnik kann man mit dieser CyberBrille Filme hautnah in Dreidimensionalität sehen. Das ist in etwa so, als würdest du den Film selbst erleben. Das wird dich sicher sehr beeindrucken!"

Tatsächlich war ich auf diese Supertechnik schon sehr neugierig. 3-D-Filme hatte ich ja schon mal gesehen, aber diese CyberBrille sah nach einem echten Abenteuer aus. Dennoch hatte ich so meine Befürchtungen, da ich ja wohl keine Komödie zu erwarten hatte.

„Was zeigst du mir denn für einen Film? Nur bitte bloß keinen Horrorfilm!", bat ich Ron.

„Nein! Du bekommst einfach nur Ausschnitte aus wichtigen Nachrichtensendungen deiner Zeit zu sehen. Einige Nachrichten wirst du nicht kennen, da sie aus deiner nächsten Zukunft stammen. Es sind alles keine erfreulichen Nachrichten. Wenn du möchtest, kannst du aber jederzeit die CyberBrille abnehmen."

„Na, ich werde schon nicht kneifen.“ Schon ganz aufgeregt setzte ich mich in den Sessel, der total bequem war. Ich nahm die CyberBrille und setzte sie mir vor meine Glubscher. Die Brille schloss rundum absolut dicht ab, so dass ich mich wieder mal in absoluter Dunkelheit befand. Aber kaum hatte ich das Ding eine Sekunde auf meinem Rüssel, da begann auch schon die Vorstellung.

Eine freundliche Brünette mit langen, glatten Haaren in einem weißen Gummianzug stand direkt vor mir, so, als würde sie wirklich in diesem Raum direkt vor mir stehen. Total lebensecht. Und das Dollste war: diese Frau lächelte mich an. Möglicherweise war sie ja auf freundlich und nett programmiert.

„Herzlich willkommen im CineVision. Mein Name ist Kira. Ich werde gleich die Vision starten. Du wirst dann Ausschnitte aus den wichtigsten Nachrichten deiner Zeit sehen. Es sind leider keine guten Nachrichten. Wenn du dich bei dieser CineVision nicht wohl fühlst, dann kannst du jederzeit die CyberBrille absetzen. Wenn du vorab noch Fragen hast, dann kannst du mir diese jetzt stellen. Sonst werde ich die Vision starten.“

Und ob ich eine Frage hatte, eine total wichtige sogar. „Wo bekomme ich denn hier mein Popcorn?“, fragte ich gewitzt und war schon total gespannt auf Kiras Fratze. Aber nix da, sie lächelte mich weiter freundlich an.

„Popcorn gibt es hier nicht. Aber die CineVision dauert auch nur wenige Minuten. Wenn du Appetit hast, dann kannst du anschließend mit Ron etwas essen gehen. Ist sonst alles in Ordnung? Kann ich die Vision starten?“, fragte dieses Kunstwesen absolut freundlich.

„Ja! Leg los!“, antwortete ich etwas barsch. „Wir haben ja schließlich keine Zeit zu verlieren!“

Und dann ging es auch schon los. Kira löste sich einfach in Luft auf und verschwand von der Bildfläche. Stattdessen saß ich plötzlich direkt in einem Nachrichtenstudio. Mitten im Studio der Tagesthemen aus dem ersten Programm. Vor mir saß Ulrich Wickert an seinem Pult und verlas seine Nachrichten. Ich war tatsächlich mitten in den Nachrichten. Doch ehe ich nur einen Laut vor Staunen von mir geben konnte, wechselte das Bild und ich befand mich mitten in einem Schreckensszenario.

Ich stand plötzlich an einem wunderschönen Bilderbuchstrand und sah aus der Ferne eine riesige Flutwelle auf mich zukommen. Ja, das kam mir noch aus den Nachrichten bekannt vor. Das musste die Riesenflutwelle in Südostasien gewesen sein. Im Hintergrund hörte ich unzählige Menschenschreie. Die Flutwelle tat sich gewaltig vor mir auf wie ein Monster und drohte mich zu fressen. Doch bevor sie mich erfasste, veränderte sich plötzlich die Umgebung und ich stand inmitten von Trümmern. Um mich herum sah ich überall angeschwemmte, vom Wasser aufgedunsene Leichen. Es war schrecklich, so, als wäre ich selbst dabei gewesen.

In der nächsten Szene erlebte ich ein Killererdbeben. Und wieder befand ich mich mitten im grausamen Geschehen. Um mich herum stürzten zahllose Gebäude ein, die Menschen über Menschen unter sich begruben. Ich hörte die Menschen schreien, doch ich konnte mich nicht bewegen, um ihnen zu helfen. Es war einfach schrecklich.

Im nächsten Moment erlebte ich eine Jahrhundertflut, wie wolkenbruchartige Regenfälle, Erdrutsche und Überschwemmungen weite Landstriche verwüsteten. Die Schreckensvisionen schossen im derart schnellen Wechsel auf mich ein, dass mir keine Zeit zum Nachdenken blieb. Und auch schon in der nächsten Sekunde erlebte ich einen verheerenden Horrorsturm. Überall um mich herum wurden Hausdächer abgedeckt, ja flogen sogar Autos, LKWs und sogar Kühe durch die Luft, als wären sie Luftballons in einem Luftstrom. Und wieder stand ich machtlos mitten im Geschehen. Eine Schreckensvision jagte die nächste. Tsunamis, Erdbeben, Sintfluten, Hurrikans. Die großen Katastrophen aus unserer Zeit hatten mich in dieser Vision einfach überwältigt. Anders als ich sie bisher in den Nachrichten gesehen hatte. Dank CineVision hatte ich sie gerade hautnah miterlebt.

Dann plötzlich löste sich die Hurrikan-Vision in Nichts auf. Und vor mir stand wieder Kira, diese bildschöne Brünette. Nur diesmal wirkte sie nicht mehr so freundlich. Sie machte jetzt ein eher ernstes Gesicht, so wie Ron und Annelotte.

„Diese Katastrophen kennst du sicher aus den täglichen Nachrichten. Aber dabei wird es nicht bleiben. Es werden noch größere Katastrophen kommen." Kira machte es ganz schön spannend, indem sie eine kleine Pause einlegte. Ich sah sie mit großen Augen ziemlich erwartungsvoll an, aber ich traute mich nicht, sie mit Fragen zu löchern. Dafür wirkte sie jetzt viel zu ernst.

„Die Katastrophen, die du bisher kennst, sind noch sehr soft im Vergleich zu dem, was in den nächsten Jahren auf deine Generation zukommen wird. Durch die steigende Erderwärmung werden die Hurrikans noch zerstörerischer als je zuvor. Extreme Dürreperioden werden zahllose Ernten vernichten. Regelmäßig wiederkehrende Überschwemmungen werden ganze Regionen unbewohnbar machen. Diese und weitere Katastrophen sind jedoch harmlos im Vergleich zu der größten Katastrophe aller Zeiten: der Mensch selbst."

Irgendwie spürte ich schon, wohin das Drama noch führen sollte. Denn ich schimpfe selbst tagtäglich über alle möglichen dummen Menschen, die mit ihrem blinden Egoismus unsere Umwelt zerstören. Seien es Menschen, die wie die Wildsäue ihren Müll in Mutters schöner Natur illegal entsorgen. Oder all die vielen kleinen Umweltsünder, die durch ihr achtloses Verhalten unsere Umwelt nachhaltig verpesten. Wir Menschen sind schließlich selbst schuld, dass es Mutter Erde so schlecht geht. Und nun schlägt unser Planet eben zurück und wehrt sich mit immer heftigeren Katastrophen. Während meine Gedanken um die Dummheit der Menschen kreisten, fuhr Kira mit ihrem Vortrag fort.

„Der Mensch zerstört nicht nur seinen Lebensraum, sondern in erster Linie sich selbst. Durch sein Missverhalten provoziert der Mensch immer wieder neue Krankheiten, gegen die selbst die klügste Medizin nicht mehr gewappnet ist. Ein dir bekanntes Beispiel dürfte die Vogelgrippe sein. Diese Virusgrippe wird tatsächlich um sich greifen und wie die Spanische Grippe im Jahre 1918 zig Millionen Menschenleben auslöschen. Doch das ist noch nicht alles. Es wird sich ein hochgefährlicher Virustyp entwickeln, ein echter Superkiller, der die Menschheit schleichend auslöschen wird. Nur wenige Menschen werden diese weltweite Viruspandemie überleben."

Ich konnte keinen Ton sagen, so gespannt war ich auf Kiras weiteren Vortrag. Irgendwann muss ja mal sowas passieren.

„Das Problem bei dieser Pandemie ist aber nicht das Virus selbst, sondern der Mensch. Das Virus verbreitet sich rasend schnell, so dass fast jeder Mensch in Kontakt damit kommt. Fast alle Menschen werden infiziert, und nur die wenigsten werden überleben. Nach unserem aktuellen Datenstand werden über drei Milliarden Menschen an dieser Virusinfektion sterben. Die genaue Zahl steht noch nicht fest. Diese kann sich nämlich noch ändern, und zwar sowohl zum Positiven als auch zum Negativen. Das Problem bei dieser Pandemie ist nämlich der Mensch selbst. Und der ist in deiner Zeit für uns momentan ziemlich unberechenbar."

Was Kira mir da vortrug, schockierte mich zunächst. Drei Milliarden Menschen sollten sterben. Das wäre ja fast jeder zweite Mensch, fast die halbe Menschheit. Dieses Supervirus musste also besonders heimtückisch sein.

„Wieso ist denn dieses Virus so gefährlich?“, wollte ich von Kira wissen.

„Dieses Virus breitet sich zwar rasch aus, aber es hat eine recht lange Inkubationszeit. Das heißt, das Virus schlummert erstmal im Körper. Aber während seiner Schlummerzeit kann es schon übertragen werden. Deswegen verbreitet es sich auch so rasch. Wirklich tödlich wird es erst, wenn durch irgendeine banale Erkrankung, sei es Schnupfen oder Husten, das Immunsystem geschwächt wird. Dann wird das Supervirus aktiv und legt innerhalb von wenigen Tagen sämtliche Organe lahm. Die Betroffenen ersticken bei Lungenbefall sehr qualvoll. Bestenfalls ist das Herz betroffen, und dann kommt der leise Tod als plötzliches Herzversagen. Dieses Virus ist deshalb so gefährlich, weil niemand spürt, dass er infiziert ist. Bis ein harmloser Schnupfen oder eine banale Erkältung auftritt und die Menschen einfach dahinrafft. Zudem ist das Virus sehr wandlungsfähig, so dass man keinen Impfstoff herstellen kann. Das Einzige, was jeder Mensch selbst tun kann, ist eine aktive Stärkung des eigenen Immunsystems.“

Mir war klar, worauf Kira hinaus wollte. Schließlich stoße ich bei meiner Arbeit als Sachbuchautorin, bei meinen zahlreichen Recherchen, selbst immer wieder auf erschreckende Studien im Bereich Volksgesundheit. Viele Menschen sind an ihrem gesundheitlichen Elend einfach selbst schuld, weil sie nicht das Richtige oder zu wenig für sich selbst tun. Ihre ganze Lebensweise ist völlig krank. Deshalb schreibe ich ja schließlich auch meine Ratgeber, um solchen Menschen aus ihrem Dilemma zu helfen.

„Ich werde dir nun noch einige Visionen zeigen, damit du genau siehst, was die Menschen in deiner Zeit falsch machen“, sprach Kira weiter. „Du wirst sehen, wie die Menschen sich selbst durch ihr eigenes Fehlverhalten zerstören.“

„Ja, da bin ich schon sehr gespannt, was ich jetzt erleben werde.

Aber ich glaube, ich kann es mir auch schon denken. Zeige mir bitte die nächste Vision.“ Ich platzte jetzt fast vor Neugier.

Kira verschwand mal wieder von der Bildfläche. Stattdessen sah ich eine riesige Menschenansammlung auf irgendeinem großen Platz versammelt stehen. Eine weibliche Stimme im Hintergrund, es musste Kiras Stimme gewesen sein, teilte mir mit, dass ich da vor mir tausend Menschen sehen würde. Babys, Kleinkinder, Kinder, Jugendliche und Erwachsene jeden Alters. Von diesen tausend Menschen sollten über 600 Menschen an Krankheiten leiden, die sie durch ihren Lebensstil selbst zu verantworten hätten. Typische Zivilsationskrankeiten wie Herz-Kreislauf-Erkrankungen, Gefäßleiden, Diabetes und viele Krankheiten mehr.

Dann wurde ich näher an einzelne Menschen herangezoomt. Ich sah vor mir ein kleines Mädchen, vielleicht fünf Jahre alt, das war so fett wie ein Hefekloß. Ich sah, wie dieses fette Kind mit der rechten Hand einen triefenden Hamburger in sein kleines Mündchen stopfte und in der linken Hand eine Tafel Schokolade hielt, um diese gleich nachzuladen. Ein widerlicher Anblick. Danach stand ein glatzköpfiger Kerl mit einer oberhässlichen Bierwampe vor mir. Der schob sich eine fettige Rostbratwurst in seinen Rachen und trank dazu einen Riesenhumpen Bier. Igitt! Eine aufgedunsene Frau mit einem Vollmondgesicht, die sich über eine ganze Sahnetorte hermachte. Plötzlich sah ich nur noch megafette Menschen, die sich irgendetwas in ihr Gesicht schoben, die fraßen wie die kranken Tiere. Das war wirklich ekelhaft.

Dann wechselte die Vision. Vor mir sah ich ein spindeldürres Mädchen, vielleicht sechzehn oder siebzehn Jahre alt, das sich einen Finger in den Mund schob, um mir auch gleich vor die Füße zu kotzen. Bei dem Anblick hätte ich mich fast selbst übergeben. Aber ich hatte ja glücklicherweise einen leeren Magen.

Und schon wieder änderte sich das Schauspiel. Ich sah plötzlich wieder viele Menschen in einem modernen Gebäude, die da durch die Gänge hetzten. Einige telefonierten aufgeregt mit ihren Handys, andere liefen wie von einer Tarantel gestochen wild herum. Viele Menschen gestikulierten wie aufgedrehte Klapperhasen herum, andere schrien und fluchten, einige heulten sogar und vergossen bittere Krokodilstränen. Alle Menschen zogen lange Gesichter, wirkten gestresst, genervt oder todtraurig.

Jetzt war mir absolut klar, was Kira mir zeigen wollte. Wir Menschen machen uns selbst kaputt, wenn wir so weitermachen. Fressen, Saufen, Hektik, Stress, Sorgen - auf Dauer muss so ein Lebensstil krank machen.

„Ja!“, schrie ich ziemlich heftig, „das habe ich erwartet!“ Und in dem Moment löste sich die Menschenvision auf, und Kira beamte sich wieder ins Bild.

„Richtig!“, meinte Kira zu mir, „du hast wohl schon verstanden. Es ist nämlich nichts anderes als der Lebensstil, der darüber entscheidet, ob ein Mensch gesund und stark ist und bleiben wird, um die Supervirus-Attacke sicher zu überleben. Aber so wie deine Mitmenschen momentan leben, müssen nach unseren aktuellen Berechnungen eben fast drei Milliarden Menschen qualvoll sterben. Deine Aufgabe ist es ganz einfach, deinen Mitmenschen die Augen zu öffnen und sie zu warnen. Wenn diese Menschen ihren Lebensstil nicht möglichst schnell ändern, dann werden sie schon sehr bald eine verheerende Katastrophe erleben!“

Was Kira da sagte, hatte ich längst kapiert. Aber wie sollte ich die Menschen nur dazu bringen, ihre Lebensweise zu ändern? Viele Menschen wollen das doch gar nicht, sie wollen so beschissen leben, wollen lieber fett und krank sein, als irgendetwas in ihrem Leben zu ändern. Es könnte ja mühselig werden. Wer nicht will, der wird dann schon sehen, was er davon haben wird.

„Kira, ich kenne doch das Problem. Tagtäglich sehe ich unsere Fast-Food-Generation. Ich sehe, wie fette Mädels an den Bushaltestellen stehen und sich aus Langeweile oder zum Zeitvertreib irgendwelche Süßigkeiten einverleiben. Genau diese Mädels tragen dann auch noch bauchfreie Shirts, weil sie ihre Speckringe nicht in die Hose packen können. Und das selbst mitten im Winter. Oder all die fetten Blagen, die den ganzen Tag auf ihrem Bratarsch sitzen. Erst in der Schule. Und dann zu Hause vor der Glotze oder vor dem Computer. Und dazu futtern sie massenweise Chips und Schokolade, die sie mit Cola runterspülen. Dieses Problem kenne ich, Kira!" Ich war total aufgebracht. Ich hätte vor Wut platzen können.

„Ich weiß", sprach Kira, „wir haben dich auch ausgesucht, weil du in deinen Büchern genau über solche Themen schreibst."

„Ja, aber wie soll ich denn genau diejenigen Menschen dazu bringen, ihr Leben zu ändern, die keine Ratgeber lesen? Und schon gar nicht erst meine?"

„Ganz einfach. Dann schreibst du eben keinen Ratgeber, sondern einen Roman. Schreibe einfach dein Erlebnis hier bei uns auf. Schreibe über deine Zeitreise und unsere Mission. Schreibe einfach frei von der Leber weg. Du wirst sehen, das wird sich rumsprechen. Und die Menschen werden dein Buch lesen!"

„Das wäre zu schön um wahr zu sein", konterte ich, „ein Roman muss perfekt geschrieben sein, damit er auch ein Topseller wird. Und ob ich das wirklich kann, das weiß ich nicht so recht."

Tatsächlich hatte ich berechtigte Zweifel. Denn ein Buch zu schreiben, das ist eine Sache. Es unter die Menschen zu bringen, das ist schon etwas anderes. Da braucht man neben einem guten Inhalt oder einer guten Story auch eine ordentliche Portion Publicity, um sein Werk entsprechend bekannt zu machen. Und das ist nun mal nicht so einfach. Erst recht nicht, wenn man sich als Autor auf ein völlig neues Gebiet begibt. Das kann auch ganz schön daneben gehen.

„Du wirst das schaffen. Da bin ich mir ganz sicher. Schreibe einfach, und du wirst gelesen!"

Kira war sich ja ihrer Sache scheinbar ganz sicher. Und genau diese Sicherheit brachte mich auf eine ziemlich verrückte Idee. Immerhin kannte sie ja meine nächste Zukunft, und da hätte sie mir ja einen großen Freundschaftsdienst erweisen können.

„Sag mal, Kira, kannst du mir nicht einfach die Lottozahlen von der nächsten Weihnachtsausspielung verraten? Dann könnte ich groß Werbung für mein Buch machen. Ich sehe schon die reißerische Headline in allen möglichen Zeitungen: Autorin verrät nach Zeitreise die Lottozahlen. Oder: Millionen für alle! Na, wäre das etwa nichts?"

Kira begann zu lachen. Ja, sie lachte sogar ziemlich laut, so dass ich mich fast schon ausgelacht fühlte.

„Nein, Vanessa, das geht nicht! Ich kann dir auf keinen Fall genaue Daten oder Fakten aus deiner nächsten Zukunft verraten. Und schon gar nicht die Lottozahlen. Stell dir mal vor, was dann passieren würde. Sicher nichts Erfreuliches!"

„Jau!", seufzte ich, „die Menschen würden mir sicher die Fresse verkloppen wollen, weil bei sechs Richtigen für jeden gerade mal ein paar Cent Gewinn rumspringen würden. Und das alles nur, weil so eine abgedrehte Autorin so ein schräges Buch mit einer völlig hirnigen Prophezeiung veröffentlicht hat. Nee, das lass mal lieber!"

„Gut! Du hast also verstanden. Schreib einfach dein Buch, deine Story über deine Zeitreise und du wirst sehen!"

Kira war sich also ziemlich sicher. Sonst hätten diese CyberBeautys aus der Zukunft mich ja auch nicht einfach zu sich geholt, und ich hätte nicht gewusst, warum ich diese doch recht anstrengende Zeitreise mit etwas peinlichen Zwischenfällen hätte mitmachen sollen.

„Du weißt nun, was du zu tun hast. Du kannst jetzt erstmal mit Ron etwas essen gehen. Du hast jetzt sicher nach all dieser Aufregung ordentlich Appetit. Wenn du noch weitere Fragen hast, dann ist Ron noch eine ganze Weile für dich da. Er wird dir gerne weiterhelfen. Ich wünsche dir alles Gute. Und natürlich viel Erfolg beim Schreiben!"

Kaum hatte Kira sich verabschiedet, da verschwand sie auch schon von der Bildfläche. Ich setzte gleich meine CyberBrille ab und sah Ron schön brav vor mir stehen.

„Und? Wie war es? Hat die CineVision dir gefallen? Oder war es zu schlimm für dich?", fragte Ron ganz neugierig nach.

„Ach, nein, es war nicht schlimm. Diese Vision war nun mal die pure Realität. Es ist doch wirklich so, dass viele Menschen sich selbst zugrunde richten. Das war schon okay. Aber diese Cinetechnik, die ist ja echt klasse. Alles wirkt so echt. So lebendig und realistisch. So, als ob man selbst am Geschehen teilnimmt. Klasse! So eine Brille würde ich am liebsten mit nach Hause nehmen!"

„Das geht leider nicht. Diese Technik funktioniert in deiner Zeit einfach noch nicht."

Das war mir ja klar. Keine Lottozahlen zu Weihnachten von Kira. Keine CyberBrille von Ron. Wenn ich wieder nach Hause reisen sollte, dann mit leeren Händen. Und kein Schwein würde mir die Story von der Zeitreise abkaufen. Alles klar!

„Ron!", tönte ich dann aber ziemlich deftig. „Kira sagte mir, dass wir jetzt etwas essen gehen können. Ich habe jetzt nämlich einen Appetit wie ein Elefant. Wenn ich jetzt nicht etwas zu beißen kriege, dann falle ich einfach über dich her!"

Ron stand dabei einfach stocksteif vor mir und sah mich mit seinen wunderschönen, meerblauen Augen besonders tiefblickend an. So, als wollte er mich durchleuchten. Ich hätte jetzt echt was drum gegeben, wenn ich gewusst hätte, was er in diesem Moment gedacht hatte. Er hatte zwar, wie gehabt, keine Mine verzogen, aber er hatte sichtlich nachgedacht, diese süße Sau.

„Gut“, meinte Ron pulvertrocken, „dann gehen wir jetzt etwas essen. In LifeCity bekommst du alles, was du begehrst.“

Das klang toll. LifeCity. Alles was ich begehre. Das klang einfach viel zu toll. Was wusste denn Ron schon, was ich gerade wirklich so begehrte, außer einem ordentlichen Essen. Und so verließen wir auch wieder den CineVisions-Raum und machten uns auf die Socken durch den langen Flur in Richtung LifeCity.

5 LifeCity - Die weiße Stadt

Bereits nach nur wenigen hundert Schritten in dem superlangen Flur mit den unzählig vielen Türen gab es zur Abwechslung mal eine Abzweigung nach links. Ron und ich, wir bogen tatsächlich in diese Abzweigung ab. Und schon nach wenigen Metern standen wir vor einer riesigen Wand aus Glas. Diese Glaswand erlaubte mir einen Blick auf eine wunderschöne Stadt, auf LifeCity. Kaum standen wir vor dieser Glaswand, da schob diese sich auch schon zur Seite. Als wir dann durch diese große Glastüre gingen, war das wie ein Tor zu einer anderen Welt. Direkt hinter diesem Tor befand sich eine Art Balkon, von dem man auf LifeCity schauen konnte.

Wahnsinn! LifeCity war eine traumhaft schöne Stadt. Einfach atemberaubend. Aber ganz anders, als diese Wolkenkratzer-Städte in den üblichen Science-Fiction-Filmen. LifeCity war eine freundliche Stadt, die aus lauter weißen Gebäuden bestand. Eingerahmt wurde diese weiße Stadt von einer mächtigen Glaskuppel, die ganz LifeCity wie eine riesige Käseglocke abdeckte.

Vom Randbezirk, wo wir uns selbst befanden, bis ins Zentrum wuchsen die Gebäude von schätzungsweise ein- bis zweistöckigen bis auf maximal zehnstöckige Bauwerke an. Die größeren Gebäude waren in den oberen Etagen mit Glasröhren verbunden. Und mitten im Zentrum stand ein weißer, schlanker Turm wie ein hochgewachsener, mächtiger Pilz, der alle anderen Gebäude deutlich überragte.

In der ganzen Stadt war keine einzige Straße zu sehen, keine Autos, nur weiße Fußwege, die von sattem Grün gesäumt waren. Überhaupt, LifeCity war eine Stadt mit sehr vielen Grünflächen, vielen Sträuchern, Bäumen und bunten Pflanzen. Ohne Hektik und Stress spazierten dort weitere CyberBeautys in ihren bunten Gummianzügen gemütlich über die Wege. Diese Stadt war offensichtlich ein Paradies.

„Wow! Diese Stadt ist ja irre. Irre schön. Einfach unglaublich. Sie wirkt so unbefleckt und sauber, so ruhig und stressfrei.“ Ich war absolut begeistert von dieser weißen Stadt, die mir da zu Füßen lag. Diese Stadt war wie ein schöner Traum, ja fast wie der Himmel, den man sich als kleines Kind immer vorzustellen versucht.

„Sag mal, Ron, gibt es hier denn keine Autos oder irgendwelche anderen Verkehrsmittel?“, fragte ich erstaunt nach.

„Nein! Autos gibt es schon sehr lange nicht mehr. Schon in deiner Zeit war der Treibstoff für Autos ein fast unbezahlbarer Luxus. Die Autoindustrie fand zwar Alternativen wie Solarenegie, Elektriziät oder Brennstoffzelltechnik, aber auch diese Fahrzeuge waren der pure Luxus. Noch in deiner Zeit wurden schließlich die öffentlichen Verkehrsnetze ausgebaut. Die ersten Magnetschwebebahnen gingen erfolgreich in Betrieb. Und bis zu unserer Zeit hat sich nunmal sehr viel getan. Wir haben unsere Verkehrsnetze unterirdisch angelegt, ähnlich wie zu deiner Zeit die Metro. Das ist äußerst sinnvoll und nimmt jeglichen Verkehr aus der Stadt.“ Ron sagte dies mit spürbarem Stolz. Nicht zu Unrecht, denn LifeCity war ja tatsächlich genial.

„Das finde ich toll. Ich liebe zum Beispiel die Metro in Paris. Auch wenn die schon uralt ist, so finde ich sie sehr modern. Und wo habt ihr hier eure Metro-Stationen? Ich sehe hier nämlich keine“, legte ich höchst interessiert nach.

„Unter jedem Gebäude befindet sich eine Metro-Station. Von dort kann man mit der Metro überall hin fahren. Tatsächlich genau so wie damals in Paris. Nur eben moderner.“ Ron schien meine Fragen mit Freude zu beantworten. Wenn er auch nicht lächelte, so spürte ich seine Anerkennung.

„Ach, und warum steckt dieses LifeCity eigentlich unter einer riesigen Glasglocke? Was hat das auf sich?“

„Die Ursache dafür liegt in deiner Zeit, beziehungsweise in deiner nächsten Zukunft. Sicher hast schon mal vom Ozonloch gehört?“ Jetzt blickte Ron mich besonders ernst an.

„Ja. Die Treibhausgase sorgen dafür, dass das Ozonloch immer größer wird und so schädliche Strahlung auf die Erde eintrifft. Und für uns Menschen kann das sehr gefährlich werden", antwortete ich etwas oberschlau.

„Nicht nur gefährlich, sondern tödlich!" Ron korrigierte mich streng. „Das Ozon erfüllt in der Stratosphäre eine lebenswichtige Aufgabe für alle Lebewesen der Erde. Diese Ozonschicht wirkt nämlich als Filter und schirmt die energiereichen UV-B-Strahlen der Sonne um etwa 95-97 Prozent ab. Diese Strahlenart kann krankhafte Veränderungen der Zellen bei allen Lebewesen bewirken und ist an der Entstehung von Krebs beteiligt. Allerdings zerstörten die immer größeren Abgasmengen schon in deiner Zeit diese schützende Ozonschicht, bis das sogenannte Ozonloch entstand. Trotz verschiedener Maßnahmen wie eine weltweite Abgasverordnung, wurde diese Ozonschicht immer weiter zerstört, so dass sogar die noch energiereicheren UV-C-Strahlen ungehindert auf die Erde trafen. Diese Strahlung verursacht Krebs, schädigt die Augen bis zur völligen Erblindung, schwächt das Immunsystem in enormer Weise und verändert zudem die Erbsubstanz, dass immer mehr Missbildungen vorkommen. Den wahren Schaden kann ich dir kaum erklären, du kannst dir aber sicher die Folgen ausmalen."

Und ob ich das konnte. Wenn ich nur eins und eins zusammenzählte, dann war mir klar, dass wir in unserer Zeit gerade dabei sind, uns selbst auszurotten. Die Geschichte mit dem Supervirus und jetzt das Ozonloch und noch so viele andere menschliche Dummheiten werden dafür sorgen, dass wir alle auf grausame Weise abkratzen, wenn wir nicht bald was ändern.

„Irgendwann haben die Menschen dann angefangen, die ersten Schutzkuppeln aus speziellem Filterglas zu bauen", fuhr Ron fort. „Dieses Filterglas funktionert ähnlich wie eine Sonnenbrille und filtert die gefährliche Strahlung. Die ersten Schutzkuppeln waren nur

Forschungs-Projekte. Aber leider wurde irgendwann bitterer Ernst aus der Forschung. Der Mensch konnte nicht mehr lange in der freien Natur überleben. Und so wuchsen immer mehr Städte mit diesen Glaskuppeln, in denen wir heute noch leben.“ Ron legte eine Pause ein. Auch ich wollte erstmal nicht weiter nachfragen, obwohl ich noch so viele Fragen hatte. Ich musste diese Informationen erstmal verdauen.

„Das ist ja alles ganz schön schlimm, aber trotzdem habe ich jetzt einen Bärenhunger, Ron!“, klagte ich. Und mein Magen knurrte auch schon ziemlich laut.

„Gut! Dann fahren wir jetzt runter und werden in LifeCity erstmal ordentlich frühstücken.“ Ron machte mich in dem Moment sehr glücklich. Denn wenn ich Hunger habe und nichts zu essen bekomme, dann kann ich unausstehlich werden.

Links neben uns auf dem Balkon befand sich ein gläserner Aufzug, der uns einige Stockwerke runter in die Stadt bringen sollte. Trotz Knurrmagen warf ich aber erstmal noch einen ausgiebigen Blick auf die wunderschöne weiße Stadt. Ich war so fasziniert von ihrer friedlichen Ausstrahlung. Einfach traumhaft.

Dann fuhren wir mit dem gläsernen Aufzug runter in die Stadt. Aus der gläsernen Kabine hatte ich einen überwältigenden Blick auf LifeCity. Aber anders als die unangenehme Zeitreise im Lichttunnel liftete uns dieser Aufzug ganz vorsichtig in die Stadt. Wie auf Wolken schwebten wir zu Boden, um dann auch gleich dieses einzigartige Paradies zu betreten.

„Boaaaah!“, zischte es leise aus meiner Schnute, als sich die Glastüre vom Aufzug öffnete und ich LifeCity direkt vor mir sah. „Das ist ja wie im Himmel!“

Ron sah mich mit funkelnden Augen an. Wenn man ihm sonst auch nichts ansah, so fühlte ich seinen berechtigten Stolz. Es musste einfach herrlich sein, in dieser wunderschönen Zukunft leben zu dürfen, sofern es diese überhaupt geben würde, wenn wir in unserer Zeit nicht langsam die Notbremse ziehen.

„Komm, Vanessa, bis zur nächsten Futterstelle ist es nicht weit. Dort können wir ordentlich frühstücken."

„Futterstelle?", fragte ich erstaunt nach. „Was ist das denn für ein Ausdruck? Oder sind wir hier im Stall bei irgendwelchen Tieren?"

„Nein!", antwortete Ron brav. „Das sagen wir hier nur so. Ihr nennt eure Futterstellen ja auch Mäck Doof oder Fressbude oder so ähnlich. Zumindest habe ich das über euch so erfahren."

Hey, Ron versuchte sich wohl im Witzemachen. Tatsächlich musste ich auch laut lachen, weil diese Erklärung aus Rons Mund so total bescheuert klang. Er macht blöde Witze, geht aber selbst zum Lachen in den Keller. Echt beknackt.

„Gut, dann wollen wir mal zu deiner Futterstelle gehen und uns was Ordentliches zwischen die Kiemen schieben, bevor uns die Farbe vor lauter Mangelerscheinungen aus dem Gesicht fällt, gelle?" Als ich das zu Ron sagte, da schielte er mich merkwürdig an. Ich hatte zunächst das Gefühl, dass bei ihm im Oberstübchen ein paar Drähte durchgeschmort waren. Aber dem war nicht so, das war wohl eher seine Art von Humor. Tätä-Tätä-Tätä!

Ich war mit Rons Humor à la Pantomime für Arme derart beschäftigt, dass ich fast die wunderschöne Umgebung nicht wahrgenommen hätte. Diese brillantweißen Wege, so sauber wie abgeleckt. Diese herrlichen Grünflächen, sattgrüne Rasen, Sträucher, Bäume und diese bunten Blümchen. Ich kam mir vor wie in einem paradiesischen Park, der für den Himmel geschaffen wurde. Auf dem Weg zum nächsten Gebäude, zur Futterstelle, begegneten uns auch noch die einen und anderen CyberBeautys, alle in bunten Gummianzügen. Merkwürdig fand ich nur, dass sie uns nicht wahrzunehmen schienen. Diese Beautys liefen tatsächlich wie ferngesteuerte Gummipuppen durch diesen Park. Ab und zu schnitt ich recht dämliche Grimassen, schielte und streckte meinen Waschlappen raus. Aber nix, von diesen Gummifiguren gab es keinerlei Reaktion.

„Sag mal, Ron, grüßt man sich in eurer Zeit eigentlich nicht?" Ich wollte eigentlich herausfinden, ob denn diese Gummischönheiten inklusive Ron tatsächlich sowas wie Androiden waren. Aber direkt danach zu fragen, das traute ich mich dann doch nicht.

„Natürlich grüßen wir einander!", antwortete Ron fast etwas empört. „Aber unterwegs geht jeder seiner Beschäftigung nach. Da reicht ein flüchtiger Blickkontakt. In deiner Zeit soll ja so mancher schon recht wichtige Termine verpasst haben, weil er sich bei der Begrüßung ordentlicht verquasselt hat. Habe ich zumindest so gehört!"

„Ja, das kommt tatsächlich vor!", bestätigte ich Rons Ausführung. „Da hat man einen wichtigen Termin, überhaupt keine Zeit, und da trifft man Tante Erna mit ihrem Fiffi. Ja, und die erzählt dir dann zum dreihunderfuffzigsten Mal ihre schreckliche Leidensstory. Einfach abhauen kannste aber nicht, weil die gute Erna deine Erbtante ist, oder sowas. Da hört man sich die Story eben geduldig an. Und prompt verpasst du dabei deinen Zug nach Irgendwo. Ist klar, ich verstehe, was du meinst, Ron. Sowas nervt echt. Da wäre es wirklich toll, wenn solche Schlabbertanten in Zukunft einfach wegdressiert werden."

Ron sah mich ganz schön scharf an. „Wir sind nicht dressiert! Wir sind nur alle gut erzogen!", fauchte er mich an.

„Hey, Ronny, wo bleibt denn dein trockener Humor? Ich will dir doch nichts Böses. Es ist ja auch wirklich toll, dass ihr so gut und völlig ohne Emotionen erzogen seid. Gefühle stören doch nur das rationale Denkvermögen!"

Wenn Blicke töten könnten, dann hätte ich jetzt aber in Deckung gehen müssen. Ich hatte Ron tatsächlich auf die Palme gebracht. Und als wohlerzogener, rationaler und emotionsloser Schönling hielt er auch jetzt besser die Klappe. Also dackelten wir fortan wortlos nebeneinander her, bis wir an einem kleinen, weißen Gebäude mit großen Fenstern den Anker warfen.

„Hier ist eine unserer Futterstellen. Hier kann man sehr gut essen. Hier bekommst du alles, was dein Herz begehrt." Ron war plötzlich wieder so scheißenfreundlich. Da musste sich doch noch was machen lassen.

„Wie?", fragte ich dämlich-verdutzt nach. „Gibt es hier auch Dienste der besonderen Art?"

Ja, und nun kommt die große Preisfrage: Wie hat Ron mich bei dieser klugen Frage wohl angelinst? Jawoll! Ziemlich doof aus der Wäsche beziehungsweise aus seinem Gummistrampler geguckt hat er! Zwei-zu-eins für mich!

„Nimms nicht so tragisch, Ron. Ich habe halt einen Riesenappetit und freue mich jetzt schon auf das Frühstück. Ich bin schon sehr neugierig, was es hier bei euch so zu futtern gibt." Fast hätte ich dabei den leicht angesäuerten Ron beim Händchen gefasst und ihn durch den Eingang geschleppt. Aber mit Abschleppen war da nix. Ron trottete schön brav ganz von alleine in die Futterbude.

Drinnen roch es dann auch schon herrlich aromatisch. Nach Gewürzen wie Zimt und Vanille, nach duftigem Kaffee und nach ofenfrischem Brot. Hm, einfach lecker, wie in einer erstklassigen Backstube mit Kaffeeausschank. Die Futterbude war auch sehr gemütlich eingerichtet mit kuscheligen Polstermöbeln in weißem Leder oder Kunstleder. Sanftes Licht schaffte eine freundliche Atmosphäre, in der man sich einfach wohlfühlen musste. Auf den Tischen standen hübsche Gestecke mit bunten Blumen. In der Mitte des Speiseraums befand sich ein kleiner Teich mit Springbrunnen und vielen Grünpflanzen. Diese Futterbude war die reinste Oase der Erholung.

Ron und ich, wir setzten uns direkt ans große Fenster. Von dort konnten wir sowohl auf den kleinen Teich in der Futterbude alsauch in den schönen Park von LifeCity blicken. Kaum hatten wir uns häuslich niedergelassen, da kam auch schon eine freundliche Blondine in einem weißen Lifedress zu uns und überreichte uns zwei kleine Tafeln.

Ich hielt meine Tafel in der Hand und wusste nicht so recht, was ich damit anstellen sollte. Wie eine Speisenkarte sah das Ding auf jeden Fall nicht aus. Und irgendwelche Funktionsknöppe fand ich daran auch nicht.

„Du musst einfach nur deine Handfläche auf den Scanner legen", krähte Ron zu mir rüber. „Dann wird dein Nährstoffbedarf gemessen, und du erhälst automatisch die idealen Vorschläge für dein persönliches Frühstück."

Also packte ich mein rechtes Patschepfötchen auf diese Tafel und wartete auf das, was da passieren sollte. Und tatsächlich, diese Tafel leuchtete auf und zeigte mir wie ein kleiner Bildschirm meine persönlich berechneten Frühstücksvorschläge.

„Jetzt musst du nur noch mit dem Finger auf dein Wunschfrühstück tippen, und in wenigen Augenblicken wird es dir serviert." In Rons Stimme war wieder sowas wie Stolz zu vernehmen. Ich drückte also auf verschiedene Bildchen. Auf einen superlecker aussehenden Vollkornburger mit Käse, Hähnchenbrustfilet und Salat. Auf einen Teller mit gemischten Früchten. Auf eine Quarkcreme mit Vanille. Auf ein gefülltes Omelette mit frischen Pilzen. Auf ein -Biiiiiiiiiiep- oh, da tilte plötzlich meine kleine Leckertafel.

„Du hast schon zuviel bestellt. Du musst jetzt einfach mit den Getränken weitermachen", kritisierte Ron mein persönliches Elefantenfrühstück. Okay, dann tippte ich einfach noch fünfmal auf einen großen Milchkaffee, und dann war es ja auch schon gut. Ron war mit seiner Bestellung längst fertig.

Kaum hatte ich meine Bestellung bestätigt, da rollte auch schon wieder diese Servierblondine mit einem riesigen Tablett voller Leckereien an. Oaaah, sah das alles toll aus. Mein Vollkornburger, mein Teller mit gemischten Früchten, meine Quarkcreme mit Vanille. Und erst das Omelette mit frischen Pilzen. Echt lecker! Und tatsächlich stellte mir die Serveuse fünf große Tassen Milchkaffee auf den Tisch. Der Tisch war mit meiner Bestellung schon ganz schön überladen. Aber Ron bekam ja nur eine Schale Müsli mit frischen Früchten und eine Tasse Tee. Das war dann der perfekte Ausgleich.

„Guten Appetit!“, hauchte die hübsche Blondine und verzog sich auch gleich wieder, damit ich unbekümmert mein nettes Frühstück vernichten konnte. Hmm, der Burger, eine wahre Wucht. Die Früchte packte ich einfach in die Quarkcreme. Superlecker! Und das Omelette habe ich dann anstandsweise nur halb aufgegessen, damit keiner denken sollte, dass ich ein verfressenes Schwein bin. Aber die fünf Tassen Milchkaffee, die habe ich alle weggepöttet. Schließlich brauchte ich nach dieser anstrengenden Zeitreise viel Energie und Flüssigkeit. Ach, war das alles lecker!

Während ich so vergnügt vor mich hinschmatzte, beobachtete Ron mich mit Argusaugen. Sein Müslischälchen war schon längst während meiner ausgiebigen Fressattacke ausgeputzt, das Tässchen Tee getrunken. Ob ich wohl ein schlechtes Gewissen haben sollte?

„Das war wirklich super! Aber du musst nicht denken, dass ich immer alles so in mich reinschaufele. Nein, nein! So ist das nicht. Dann wäre ich ja sicher auch viel fetter. Und fett bin ich doch nicht, oder? Das war jetzt einfach nur eine Ausnahme. Die Aufregung. Und dann diese anstrengende Zeitreise. Meine Batterien waren völlig entladen, und da brauchte ich jetzt wieder neue Energie“, versuchte ich mein kleines Fressgelage zu rechtfertigen.

Ron sagte erstmal nichts. Er sah mich einfach nur an mit seinen durchdringenden Augen. Weiß der Geier, was er da wohl von mir gedacht hatte. Fresspaket! Ausgehungerte Neandertalerin! Oder sonst was. Egal! Ich war doch wirklich nur ausgehungert.

„Ist doch schon okay! Der Computer hat die Kalorienmengen nach deinem Hand-Scan berechnet. Und genau deine persönliche Bedarfsmenge hast du nun auch bekommen. Du kannst sogar noch dein Omelette aufessen, ohne ein schlechtes Gewissen haben zu müssen."

Ron war echt gnädig mit mir. Aber tatsächlich, so viele Kalorien hatte ich gar nicht verputzt. Alles war sehr mager und besonders eiweißreich. Die Früchte enthielten wertvolle Vitalstoffe. Und dann der Burger in Vollkornausstattung. Das war wirklich ein supergesundes Frühstück.

„Ach, Ron, das Omelette schenke ich mir. Die Kalorien spare ich mir lieber für später auf!", seufzte ich total abgefüllt und blickte dabei etwas durch die Futterstube. Außer Ron und mir saßen noch zwei weitere Pärchen an ihrem Tisch und unterhielten sich scheinbar sehr angeregt. Auffallend war, dass diese CyberBeautys alle ganz schön schrill aussahen. Uns direkt gegenüber saßen zwei besondere Exemplare. Er mit platinblondem Irokesenhaarschnitt, besonders markanten Gesichtszügen und in blauem Gummianzug. Sie mit einer wilden Mähne in Regenbogenfarben und in einem roten Gummistrampler. Das andere Pärchen wirkte rein frisurentechnisch dagegen schon fast normal. Aber die Jungs trugen hier scheinbar alle blaue Strampler, die Mädels rote. Wohl zur besseren Unterscheidung. Und wir Zugereisten trugen einen silbergrauen, damit auch jeder erkennen konnte, dass wir aus der grauen Vorzeit stammten.

„Hat das mit den Farben eurer Lifeanzüge irgendwas auf sich? Ich meine, tragen alle Männer blau, Frauen rote und so Zugereiste wie ich graue?", wollte ich von Ron wissen.

„Nicht ganz so. Es gibt auch weiße für holografische Personen wie zum Beispiel Kira oder die Bedienung hier. Diese Personen existieren nicht wirklich, sondern sind nur materialisierte Projektionen. Das heißt, man kann sie tatsächlich berühren. Und dann gibt es noch grüne für Techniker. Schwarze für Regierungsmitglieder..."

„Ach, und wofür stehen rote und blaue Anzüge?", unterbrach ich Ron. Ich wollte ja gerne wissen, was Ron so für einer war.

„Nun, rote Anzüge tragen Dienstleister in allen möglichen Berufen. Und da gibt es tatsächlich hauptsächlich Frauen. Blau tragen Wissenschaftler aller Art."

„Du bist also ein Wissenschaftler. Was für ein Wissenschaftler genau?", wollte ich von Ron wissen.

„Sowas wie Evolutionswissenschaftler. Ich verfolge die Entwicklung der Menschheit von der Vergangenheit bis in unsere Zeit und versuche daraus Schlüsse für das Leben in Zukunft zu ziehen. Leider sieht es für unsere Existenz momentan recht düster aus, wenn die Menschen in deiner Zeit ihren Lebensstil nicht ändern."

„Oh, ich glaube, dass es schon für viele Menschen in meiner Zeit recht düster aussieht. Im Grunde beobachte ich die Menschen ja auch sehr genau, um neue Themen für meine Ratgeber zu finden. Aber bei meinen eigenen Untersuchungen stelle ich immer wieder fest, dass viele Menschen sehr unglücklich mit ihrem Leben sind. Viele wollen ihr Leben ändern, schaffen es aber nicht, weil sie nicht stark genug sind. Da sind zum Beispiel all die vielen krankhaft Übergewichtigen, die so gerne abnehmen möchten. Aber nur wenige von ihnen schaffen es wirklich, dauerhaft ihr Gewicht zu reduzieren. Das Problem ist nicht alleine die Ernährungsweise, sondern auch die persönlichen Lebensumstände spielen doch eine gravierende Rolle."

„Das ist absolut richtig!", warf Ron ein. „Die Ernährung ist es nicht alleine. Hinzu kommen Hektik und Stress im Alltag, Probleme im Beruf oder mit der Familie. Das alles macht die Seele krank. Und wenn die Seele leidet, dann wird folglich der Körper krank. Übergewicht ist dabei nur eine von vielen möglichen Folgen."

„Ich weiß. Aber es ist doch gar nicht so einfach, den Druck auf die Seele abzustellen. Sag zum Beispiel mal deinem cholerischen Chef, der soll dir mal ordentlich den Buckel runterrutschen. Dann hast du aber die längste Zeit einen Job gehabt. Und das in unserer schweren Zeit, wo sowieso schon so viele Menschen arbeitslos sind. Und es werden immer mehr!" Mir war dabei sehr bewusst geworden, dass die Probleme unserer Zeit so einfach nicht in den Griff zu bekommen sind. Vielleicht war ich ja auch nur ein wenig ratlos bei diesem äußerst komplexen Thema.

„Das Schlimmste in deiner Zeit ist, dass die Menschen kaum noch Zeit für sich selbst haben. Probleme jeglicher Art werden im wahrsten Sinne des Wortes einfach heruntergeschluckt, bis sie die Menschen schwer krank machen."

Ach, Ron hatte ja absolut recht. „Und was denkst du, Ron, was können wir Menschen in unserer Zeit tun, um unsere Probleme zu bewältigen?"

„Schenkt euch einfach etwas mehr Zeit. Erstmal etwas mehr Zeit zum Nachdenken. Denkt über euer Leben nach. Was läuft gut, was läuft falsch? Was könnt ihr besser machen? Zieht einfach einmal die Bilanz eures Lebens und vergleicht Positives mit Negativem. Dann nehmt euch die Zeit, um euch mit den negativen Seiten auseinanderzusetzen. Was stört euch im Leben? Was könnt ihr ändern? Wichtig ist tatsächlich, dass ihr euch mehr Zeit für euch selbst nehmt. Mehr Zeit für den Ausgleich des Alltags. Nach einem stressigen Tag braucht jeder Mensch Entspannung. Und nach einem ruhigen Tag hilft vielleicht ein sportliches Aktivprogramm. Schenkt euch einfach die Zeit dafür."

„Was du da sagst, Ron, das klingt zu schön um wahr zu sein. Ich höre die Menschen immer nur sagen, dass sie keine Zeit haben. Wie sollen sie dann für Entspannung oder für ein sportliches Aktivprogramm sorgen?"

„Jeder Mensch hat genügend Zeit dafür. Jeder Mensch muss zum Beispiel schlafen. Die Zeit dafür ist überlebenswichtig. Die Menschen können zunächst ihren Schlaf dazu nutzen, sich optimal zu regenerieren. Sie können für eine angenehme Schlafatmosphäre sorgen. Ob mit beruhigenden Farben oder Düften, aber auch mit Entspannungsmusik zum Relaxen. Mit nur wenigen Veränderungen wird aus einer schlichten Schlafstätte eine Oase zum Wohlfühlen. Ein entspannter Schlaf füllt schließlich die Energiereserven für den nächsten Tag wieder auf. Und wer mehr Energie hat, der bewältigt seine Lebensaufgaben viel leichter. Und findet so automatisch mehr Zeit. Mehr Zeit für sich selbst."

„Wow, Ron, es tut richtig gut dir zuzuhören. Du bist ja ein echter Wellness-Master. Und es stimmt tatsächlich, was du sagst. Wenn ich zum Beispiel nicht gut schlafe, dann bin ich am nächsten Tag nicht zu gebrauchen. Dann werde ich schnell nervös und hektisch, reagiere gereizt und fühle mich ziemlich kaputt. Also sorge ich selbst jeden Abend für meinen optimalen Schlaf. Entweder höre meine Lieblingsmusik, oder ich lese ein gutes Buch, und oft schreibe ich ja sogar selbst. Manchmal überkommt mich aber auch die Kreativität, und dann male ich ein Bild. Und ich bedufte gerne meine Wohnung mit etherischen Ölen. Orange, Lavendel und Vanille sind meine Lieblingsdüfte. Stimmt, Ron! Das sind alles nur Kleinigkeiten, aber die wirken wahre Wunder. Selbst nach einem stressigen Tag, wenn ich absolut keinen Bock auf irgendetwas habe und mit mir selbst nichts anzufangen weiß, dann genieße ich zu Hause meine ganz persönliche Wohlfühl-Atmosphäre."

„Siehst du, Vanessa, es ist doch tatsächlich sehr einfach, mit Kleinigkeiten sein Leben Schritt für Schritt zu versüßen. Und jeder Mensch kann dies ebenso nachmachen. Viele kleinere Sorgen lösen sich so ganz automatisch in Nichts auf und lassen so mehr Zeit für ein bewussteres Leben."

Ach, ich hätte mich mit Ron noch stundenlang über dieses Thema weiter unterhalten können. Aber leider mussten wir weiter. Die Zeit drängte mal wieder. Diesmal wollte Ron mit mir ins sogenannte LifeCenter fahren. Dort sollte ich dann hautnah erleben, wie die Menschen in der Zukunft ihre Freizeit gestalten, was sie alles so für ihr Wohlbefinden und für ihre Gesundheit tun. Da war ich natürlich schon sehr gespannt. Und so machten wir uns auf den Weg ins LifeCenter.

6 LifeCenter - Das Leben in der Zukunft

Wir beiden Hübschen verließen also unseren reich gedeckten Frühstückstisch, der mit den vielen leergeputzten Tellern und Tassen so aussah wie nach einem Fressgelage einer halben Fußballmannschaft. Und ich musste mich nicht mal dafür schämen. Gut, nicht?

In der Futterbude befand sich hinter dem Springbrunnenteich ein kleiner Gang mit zwei Aufzügen. Mit einem dieser Aufzüge sind wir dann abwärts zur Metrostation gefahren. Die Metrostation war allerdings sehr winzig im Vergleich zu den Metrostationen, die wir bei uns so kennen. Ein kleiner Bahnsteig, maximal zwei bis drei Autolängen groß, das wars schon. Und entsprechend klein war auch der Tunnel, aus dem die Bahn kommen sollte.

„Das ist aber eine kleine Metro. Da bin ich ja mal gespannt, was da für ein Bähnchen kommt“, witzelte ich.

„Ja, das ist nur die obere Metro, die die einzelnen Gebäude in der Stadt verbindet. Die ist tatsächlich recht klein. Für weitere Strecken gibt es noch die untere Metro. Die verbindet zum Beispiel die verschiedenen Städte oder weit entfernte Regionen. Die untere Metro ist viel größer. In etwa so wie die Metros, die du kennst.“

Als Ron mich gerade über die obere und untere Metro aufgeklärt hatte, da kam auch schon die Metro. Das war tatsächlich nur ein kleiner Wagon für maximal sechs Personen. Sowas kannte ich bisher von der Kirmes von einer Achterbahn.

Mehr war die Mini-Metro in der Zukunft nicht. Interessant aber war dann doch, dass man auf einem kleinen Display seinen Zielort angeben konnte, um dann mit diesem Wagon direkt die Wunschstation anzufahren. Es gab hier also kein festes Streckennetz, sondern man konnte mit diesen kleinen Metrowagons ganz individuell die Strecke festlegen.

„Hey, das ist ja klasse. Hier ist man ja selbst der Lokführer, indem man sein Ziel direkt per Knopfdruck ansteuert. Finde ich echt toll!“ Ich war tatsächlich von dieser Technik fasziniert. Das war wie Autofahren für Doofe. Nur eben ohne Lenkrad und ohne Straße. Einfach genial.

„Ja, das ist ganz einfach. Berühre einfach das Display und wähle dabei unsere Zielstation LifeCenter. Du wirst sehen, wie simpel das ist.“ Ron sprach es, und ich tat es. Sobald ich das Display bedient hatte, setzte sich die Achterbahn auch gleich in Bewegung. Ach, war das aufregend. Aber anders als die dunklen Metrotunnel in unserer Zeit war der Tunnel hier weiß gestrichen und hell beleuchtet. Und ganz so schnell rasten wir auch nicht durch den Tunnel, so dass ich die Fahrt richtig genießen konnte.

Nach vielleicht zwei Minuten hielten wir dann auch in einer etwas größeren Metrostation an. Es gab einen kleinen Gong, und eine weibliche Stimme wünschte uns „Viel Vergnügen im LifeCenter“.

Da war ich aber mal gespannt. Anders als in der Station unter der Futterbude waren wir hier nicht mehr alleine. In der LifeCenter-Station liefen viele bunte Gummifiguren rum. Rote, blaue, grüne und schwarze. Eine schriller als die andere. Die hatten echt verrückte Frisuren. So wild und so bunt. So laufen bei uns nur die Jecken im Karneval rum. Ein wahrhaft buntes Treiben in dieser Station.

„Du, Ron, hier geht ja richtig die Post ab. So viele bunte Kumpels von dir. Sind die alle zum Vergnügen hier?“

Was hatte ich denn jetzt schon wieder gesagt? Ron sah mich sträflich an wie ein Scharfrichter, der mich gerade zum Tode verurteilt hatte. Hatte der Typ denn wirklich überhaupt keinen Humor?

„Das sind keine bunten Kumpels. Das sind alles hochkarätige Wissenschaftler, Techniker und wichtige Personen. Und zum Vergnügen sind die auch nicht hier. Viele arbeiten im LifeCenter und sorgen dafür, dass hier alles korrekt funktioniert." Rons Stimme klang ziemlich giftig.

„Hey, Ron. Sorry! Aber ich wollte dich und diese hochkarätigen Personen nicht beleidigen. Ich bin einfach nur richtig aufgedreht. Kannst du das denn nicht schnallen?"

Wieder traf mich so ein Blick wie von einer aufgeblähten Agakröte. Ich sollte jetzt wohl besser mal für ein paar Minuten meine Klappe halten, bevor Ron sich noch vor Wut aus seinem schicken Gummianzug pellte.

„Komm jetzt, Vanessa, wir nehmen den Aufzug und fahren hoch ins LifeCenter. Wo möchtest du denn hin? Ins MusikCenter? Ins SportCenter? Ins MassageCenter? Oder..."

„Genau die Reihenfolge!", unterbrach ich Ron schlagfertig. Schließlich wollte ich ja in der uns noch verbleibenden Zeit so viel wie möglich sehen.

„Gut! Aber dann müssen wir uns ganz schön beeilen. Und du kannst dann überall nur mal eben reinschnuppern und nicht alles ausgiebig ausprobieren."

„Ja! Das macht nix. Je mehr, desto besser. Ich kann ja vor Ort noch entscheiden, wo ich mich länger aufhalten möchte, oder?"

„Sehen wir mal", antwortete Ron und schob mich in einen gerade offen stehenden Aufzug.

Zuerst stiegen wir im MusikCenter aus. Da sah es zunächst so aus wie bei uns in einem großen Technikmarkt. Überall standen irgendwelche Geräte, Computer, Bildschirme und Musikboxen mit Kopfhörern. Zielgerichtet steuerte ich auf so eine Musikbox zu und machte Ron klar, dass ich unbedingt mal die Hits der Zukunft hören wollte.

„Du wirst dich wundern, aber unsere Musik hat nichts mehr mit den Hits aus deiner Zeit zu tun. Aber setze einfach mal einen Kopfhörer auf und höre selbst rein."

Mann, war ich vielleicht neugierig. Also setzte ich flugs diese megastylishen Köpfhörer auf meine Lauscher. Und dann kam tatsächlich eine große Überraschung. Ich hörte keine Musik, sondern nur irgendwelche sphärischen Klänge, die fast wie Engelsgesang klangen. Schön, aber doch sehr ungewöhnlich. Und während ich so den Klängen lauschte, da entdeckte ich ein paar Musikboxen weiter ein ultrabekanntes Gesicht.

„Das ist ja Elton John!", tönte ich laut durch den Raum. Ich war total platt. Gottseidank hatte Elton auch gerade Kopfhörer auf seiner Birne, so dass er meinen ungehaltenen Ausruf nicht gehört hatte.

„Ist das echt Elton John?", flüsterte ich jetzt zu Ron.

„Ja, das ist er!", antwortete Ron leise.

„Boaah! Bei dem hat aber die Miederfunktion im Lifedress nicht so richtig funktioniert, was?", fragte ich erstaunt nach.

„Dann müsstet du aber mal Pavarotti sehen!"

„Nein!!!", kreischte ich völlig perplex. „Ist der etwa auch hier? Was machen die denn hier, Pavarotti und Elton John? Was haben die denn für eine Aufgabe?"

„Nun, Elton John soll einen kritischen Songtitel zu unserer Mission produzieren. Vielleicht etwas gegen Hektik und Stress deiner Zeit, damit die Menschen sich mehr auf ihr kostbares Leben besinnen. Genaues kann ich dir da auch nicht sagen. Und Pavarotti soll dazu bewegt werden, durch eine gesunde Ernährungsweise ordentlich abzuspecken. Er soll für viele Menschen in eurer Zeit eine Vorbildfunktion übernehmen. Tja, hoffentlich klappt das auch so, wie wir uns das vorstellen. Deswegen haben wir auch recht viele Personen aus der Öffentlichkeit zu uns geholt."

War Ron sich etwa seiner Sache nicht so sicher? Die Zweifel bei Pavarotti konnte ich ja schon nachvollziehen. Denn für eine eindrucksvolle Vorbildfunktion musste er sich schon mächtig einschrumpfen lassen. Und ob es so einfach ist, aus einem Elefanten eine Maus zu machen, das wage selbst ich zu bezweifeln. Aber Elton John traute ich schon eine geile Mucke zum Thema zu.

„Ich finde, Elton packt das bestimmt. Der macht richtig töfte Musik. Und wenn er sich hier bei euch noch seine Anregungen holen kann, dann wird da was draus. Eure Musik hat ja tatsächlich etwas Außergewöhnliches. Die geht bis ins Knochenmark. Geil!"

Ich war tatsächlich davon überzeugt, dass wir von Elton John zu diesem Thema eine gute Platte hören würden. Und nachdem ich den zweifelnden Ron etwas beruhigt hatte, wollte ich auch gleich zur nächsten LifeCenter-Bude. Die Zeit drängte ja so sehr. Und ich wollte eben so viele Eindrücke wie möglich mitnehmen.

„Okay!", meinte Ron. „Dann fahren wir jetzt eine Etage höher ins SportCenter."

„Einverstanden!", willigte ich ein. „Aber da brauchen wir nur mal kurz reingucken, ja?"

„Keine Panik! Du musst dich schon nicht überanstrengen", stichelte Ron mit seinem Trockenhumor. Ich hatte ihn schon verstanden. Ich bin zwar kein Sportmuffel. Aber mir reicht mein Crosstrainer zu Hause. Da muss ich mich nicht noch in einer Muckibude der Zukunft abrackern.

Also düsten wir eine Etage höher in diese Future-Muckibude. Und die war tatsächlich High-Tech pur. Da turnten so ein paar Gummigestalten an recht merkwürdigen Geräten rum. Ein Gerät sah aus wie eine kleine Auto-Waschanlage. Da hing so ein grüner CyberBeauty mit pinkfarbener Mähne an einer Reckstange und wurde von zwei drehenden Riesen-Spülbürsten ordentlich massakriert. Daneben wurde ein roter Gummimann auf einer Art Streckbank in alle Himmelsrichtungen gezogen. Echt komisch. Das sah bestimmt nicht nach unserem Sport aus, sondern eher nach Folter.

„Nee, Ron, das sieht ja schrecklich aus. Diesen Masos kann ich nicht länger zusehen. Bitte lass und weitergehen. Wie war das nochmal? Kommt jetzt das MassageCenter?"

Ich wollte nur weg aus dieser Folterkammer. Ich konnte mir wirklich diese Art von Knochenbrecher-Sport nicht ansehen. Das war wirklich nur was für Vollgummi-Kreaturen.

„Das MassageCenter wird dir sicher gefallen. Da willst du bestimmt mal eine Massage-Tour ausprobieren. Da bin ich mir sicher", meinte Ron sehr zuversichtlich.

Da war ich ja mal gespannt. Möglicherweise wird einem da die Muskulatur weichgekloppt wie ein Wiener Schnitzel, dachte ich mir so. Na, mal sehen. Es ging also eine Etage höher in die Massagestube. Als Ron mit seinem Handabdruck die Türe öffnete, da war ich aber verdammt überrascht. Die Bude sah aus wie ein Puff. Überall gedämpftes Rotlicht. Und es roch ziemlich intensiv. Im Hintergrund spielte so eine Engelchenmusik mit Harfen und Glöckchen. Verdutzt sah ich Ron an.

„Ja, sind wir denn hier im Puff, oder was?", fragte ich erstaunt nach. „Was gibt es denn hier für Massagen?"

„Schöne Massagen. Komm! Wir gehen jetzt mal in eine Privatkabine, und da legst du dich mal auf eine Massageliege."

Nun, was ich mir da gedacht habe, muss ich ja wohl nicht genauer explizieren, oder? Ich ging jedenfalls mit Ron in so eine Massagekabine und ließ mich gerne mal verwöhnen. Aber nix da, diese Liege knetete nach allen Regeln der Massagekunst meinen Körper von oben bis unten durch. Ron stand doof daneben und sah nur zu. Schön war es aber trotzdem. Dieser leckere Blümchenduft und die Engelchenmusik taten ihr übriges. Das war schon sehr entspannend.

„Und was kommt jetzt?", fragte ich Ron, als ich fertig durchgewalkt war.

„Was erwartest du denn?“, fragte Ron unsicher nach.

„Na, was wohl! Lass uns einfach zur nächsten Station gehen. Ich will soviel wie eben nur möglich erleben!“

„Da wären noch diverse HobbyCenter. Malen und Zeichnen. Oder Gestalten mit den verschiedensten Materialien. Aber auch Musizieren und...“

„Jau! Und Singen und Klatschen, was? Das ist ja wie in einer Volkshochschule, wo jeder sein heißbegehrtes Jodeldiplom machen kann.“ Nee, das fand ich dann zu bekloppt. „Können wir nicht lieber was Trinken gehen? Ich hab schon wieder Durst!“

„Gerne! Hier im LifeCenter gibt es ein sehr gemütliches Café in der obersten Etage. Von dort hat man einen tollen Ausblick auf LifeCity.“

„Dann nix wie hin! Auf diese Hobbyklamotten will ich dann lieber verzichten. Die Zeit kann man sicher besser nutzen!“

Mit dem Aufzug fuhren wir dann in die oberste Etage vom LifeCenter. Das Café war auch wirklich eine Wucht. Aus riesigen Panoramafenstern hatte man tatsächlich einen atemberaubenden Blick auf die Stadt. Wir setzten uns auch gleich an einen Zweiertisch direkt ans Fenster. Kaum hatten unsere Hintern die Sitzflächen touchiert, da stand auch schon so eine weiße, holografische Serviermaus vor uns und brachte uns die Bestelltafeln. Wie in der Futterstelle logte ich mich in das Ding ein und erhielt diverse Getränkevorschläge.

„Muffi steht hier. Was ist das denn für ein Zeug? Schmeckt das wohl so wie es heißt?“, fragte ich Ron.

„Hmm, Muffi ist richtig lecker! Das ist ein Saft aus verschiedenen frisch gepressten Säften. Den solltest du mal probieren!“

„Gut. Dann nehme ich ein Muffi und ein großes Glas Wasser, falls das Muffizeug doch nicht das Gelbe vom Ei ist.“

„Aber in Muffi ist doch gar kein Eigelb drin. Wirklich nur reiner Fruchtsaft!“, korrigierte Mister Oberschlau mich.

„Ja, ja, ist ja schon gut! Ein Muffi ohne Eigelb und ein stinknormales Wasser“, wiederholte ich meine Bestellung. Ich hätte mich kringeln können, weil Ron mich mal wieder falsch verstanden hatte. Sein ach so elitäres Sprachtraining für unsere Urzeit war wohl doch nicht das beste.

Und Muffi schmeckte wirklich saugut! Ein quietschgelbes Gesöff mit exotischem Fruchtgeschmack nach Maracuja, Mango, Pfirsich. Lecker!

„Du, sag mal, Ron, müsst ihr für Essen und Trinken eigentlich nichts bezahlen? In der Futterstelle haben wir nämlich überhaupt nicht für unser Frühstück bezahlt.“

„Doch, sicher! Wir haben biometrisch bezahlt. Wir zahlen einfach und bargeldlos mit unserem Finger- oder Handabdruck. So öffnen und verschließen wir auch unsere Türen, bedienen Maschinen. Das ist sehr praktisch. Übrigens, Bargeld gibt es auch nicht mehr. Wir alle bekommen jeden Monat automatisch 500 Lifepoints auf unser Konto geladen. Das ist unsere Währung. Durch nützliche Tätigkeiten kann jeder sein Konto etwas aufbessern. Aber so wichtig ist das nicht, da wir hier alles haben, was wir zum Leben brauchen. Es gibt keine Unterschiede zwischen arm und reich mehr. Solche sozialen Differenzen sind längst passé. Ach, und du hast übrigens automatisch mit deinem Lifedress als Besucher ein unbegrenztes Lifepoint-Konto erhalten.

„Das ist ja stark. Dann lass uns doch mal ordentlich auf die Kacke hauen! Ich lad´ dich ein!“, gab ich begeistert zum Besten.

„Sowas machen wir hier nicht. Unsere Exkremente werden automatisch im Lifedress entsorgt. Da bleibt leider keine Kacke mehr zum Draufhauen übrig.“

Diesmal habe ich geguckt wie ein bengalischer Rennkuckuck. Wollte Ron mich etwa verscheißern, oder was? Da wollte ich ihn zu einer flotten Sause einladen, und er war zu blöd dazu. Vergessen!

„Okay! Dann eben nicht. Dann erzähl mir doch mal etwas über dich und deine Leute. Wo lebt ihr beziehungsweise wo habt ihr denn zum Beispiel eure Wohnungen?"

„Wir leben ich schönen Wohnstädten außerhalb von LifeCity. Jeder hat eine eigene Wohnung mit allem Drum und Dran, was man so zum Leben und Wohlfühlen braucht."

„Aha. Und wo sind eigentlich eure Kinder? Ich habe bisher noch keine gesehen."

„Die sind alle in Ganztagsschulen und Kinderhorten. Dort werden unsere Kinder professionell betreut. Abends ist dann Familienzeit. Das ist so ähnlich wie bei euch. Nur sind wir viel besser organisiert."

„Soso. Und hast du eigentlich eine Frau oder Kinder?" Auf die Antwort auf diese Frage war ich schon lange sehr heiß.

„Nein. Ich bin noch Junggeselle. Ich habe weder Frau noch Kinder. Vielleicht liegt es ja daran, weil ich meine Forschungsarbeit so sehr liebe. Da bin ich auch ohne Frau und Kinder sehr zufrieden mit meinem Leben."

„Solche Workaholics kenne ich. Die haben nur ihre Arbeit im Sinn. Und sonst ist mit denen nix los. Hast du denn wenigstens eine Freundin oder Lebensgefährtin?"

„Momentan nicht. Ich bin ja auch zu sehr mit unserer Mission beschäftigt. Aber lass uns doch bitte das Thema wechseln."

Ron wirkte ziemlich verunsichert. Was war nur wirklich los mit ihm? Erst erzählt er mir einen vom schönen Leben ohne Hektik und Stress. Und er selbst war ein arbeitssüchtiger Missionar. Das passte nicht wirklich zusammen.

„Schon gut", trotzte ich. „Was ist denn das da draußen eigentlich mitten in der City für ein Turm, der so aussieht wie in überdimensionaler, langer Pilz?"

„Das ist ein Wachturm. Dieser Turm überragt nicht umsonst alle Gebäude in LifeCity. Von dort oben kann die ganze Stadt überwacht werden. Sollte irgendwo etwas passieren, zum Beispiel ein Stromausfall, dann kann das sofort reguliert werden. Außerdem wird von da oben die Bewässerung unserer Vegetation gesteuert. Das funktioniert alles mit speziellen Sensoren. Wenn ein Baum Wasser benötigt, wird dies im Wachturm registriert. Und dann bekommt der Baum sein Wasser."

„Und was ist mit der Vegetation draußen, außerhalb eurer Glaskuppeln? Wie sieht es da aus? Leben da überhaupt noch Menschen?"

„Da hat sich in den letzten Jahrzehnten sehr viel getan. Eigentlich war die Außenzone, unsere Kinder nennen sie verbotene Zone, mal völlig unbewohnbar. Die Strahlung war extrem schädlich, die Vegetation fast abgestorben, Menschen und Tiere konnten dort so gut wie nicht mehr leben. Heute hat sich so ziemlich alles wieder regeneriert. Da gibt es wieder eine artenreiche Vegetation. Der Tierbestand hat sich auch wieder vergrößert. Und es gibt sogar noch alte Naturvölker, die da draußen leben."

„Und diese Völker haben die Erdverseuchung ohne großen Schaden überlebt? Sind die kerngesund? Oder sind das etwa Monster-Mutanten?"

„Nein, das sind ganz normale Menschen. Es gab damals sogar recht viele Völker, die ganz bewusst nicht in unsere Schutzkuppeln kommen wollten. Die wollten sich den Naturgewalten stellen und haben bis heute tatsächlich überlebt. Der Mensch ist wahrlich ein äußerst anpassungsfähiges Wesen."

Das kenne ich von gewissen Menschen in meinem Umfeld auch. Die sind durch nichts kaputt zu kriegen, so hart und zäh sind die. Und die Harten kommen eben in den Garten, lassen sich nicht in Käseglocken einsperren. Was man ja wohl auch verstehen kann.

„Wieviel Zeit haben wir eigentlich noch?" Ich saß schon wieder auf heißen Kohlen und wollte mein nächstes Abenteuer erleben.

„Noch genau 14 Stunden und 54 Minuten“, antwortete Ron. Auf die Sekundenangabe hatte er schließlich verzichtet. Wie schön.

„Haben wir eigentlich noch etwas Wichtiges vor, oder darf ich über diese Zeit frei verfügen?“, fragte ich mit gewissen Hintergedanken nach.

„Ich habe dir soweit alles gezeigt, was du für deine Story brauchst. Du kannst jetzt wirklich frei bestimmen, was wir unternehmen sollen. Was willst du denn tun?“

„Dann will ich jetzt sofort in die verbotene Zone. Ich will sehen, wie es dort aussieht, was aus unseren Städten geworden ist.“

„Ach, nein. Das ist doch öde. Die Städte von einst sind komplett verlassen und ausgestorben. Das wird dich langweilen.“

„Nein! Ganz sicher nicht. Ich will nur mal kurz nach draußen sehen, was aus unserer Welt geworden ist. Biiitte!“

„Aber ich warne dich. Du wirst enttäuscht sein!“

Ron konnte mich mit seinen Worten nicht umstimmen. Ich wollte unbedingt in die verbotene Zone, um meine persönliche Vergangenheit zu entdecken, die alte Welt von damals.

7 Die Reise in die verbotene Zone

Unsere alte Welt in der Zukunft sehen, das machte mich ziemlich nervös. Nach Rons Reaktion zu urteilen, musste ich wohl mit dem Schlimmsten rechnen. Würden unsere Städte in Schutt und Asche liegen? Oder wären sie wie das Dornröschenschloss mit allerlei Grünzeug überwuchert? Ich war jedenfalls sehr neugierig darauf, meine Heimat in der Zukunft im Jahre 2256 zu sehen.

Ron und ich, wir verließen das gemütliche Café mit der wunderschönen Aussicht auf LifeCity und machten uns auf den Weg in meine Vergangenheit. Wir gingen wieder zum Aufzug und fuhren in die unterste Ebene, in die untere Metrostation. Da unten sah es dann schon etwas lebendiger aus als in der oberen Mini-Metroversion à la Kirmesachterbahn. Da gab es unzählig viele Gänge in alle Richtungen. Und überall wimmelte es von diesen schrillen CyberBeautys. Irgendwie erinnerte mich diese untere Metro tatsächlich an die Pariser Metro, aber das bunte Treiben hier wirkte längst nicht so hektisch wie in Paris. Die Jungs und Mädels aus der Zukunft hatten alle die Ruhe weg und schlenderten gemütlichen Schrittes durch die Metrogänge. Getreu dem Motto: Kommste heut nicht, kommste morgen.

Um zu unserer Metrostation zu gelangen, mussten wir schließlich durch den halben Mäusebau tigern. Gang links, Gang rechts, Gang runter, wie in einem Labyrinth. Und das Ganze ohne irgendwelche Hinweisschilder. Da hätte ich mich alleine sicher verlaufen und wäre nie wieder aus dem Bau rausgekommen. Aber ich hatte ja Ron, meinen persönlichen Navigator.

„Das ist echt bemerkenswert, wie ihr hier duch die Gänge findet. Alle Gänge sind weiß, und nirgendwo gibt es Hinweisschilder. Da kann man sich als Fremder ganz schön verirren“, murmelte ich.

„Ja, das kann ich verstehen. Aber wir kennen unsere Metro wie unsere Westentasche. Das System ist recht einfach aufgebaut. Man muss nur die Gänge zählen und wissen, wie weit man fahren will. Je weiter weg, umso tiefer liegt die entsprechende Station. Wir müssen ins vierte Untergeschoss. Die U4 fährt direkt bis zum Randbezirk von LifeCity und von dort in weiter entfernte Städte und Regionen."

Ich vertraute Ron blind. Der hätte mit mir auch nach Posemuckel fahren können, ich glaube, ich hätte es nicht bemerkt. Als wir dann in der Ebene U4 ankamen, stellte ich fest, dass dort im Vergleich zu den oberen Stationen nur noch wenige Gummileute auf ihre Metro warteten.

„Hier ist ja fast der Hund begraben. Oben wimmelte es so von Menschen, und hier ist nichts los", bemerkte ich.

„Diese Metrolinie wird tatsächlich nicht so rege genutzt. Und da, wo wir hinfahren, da will schließlich auch kein Mensch hin!"

Jetzt war ich wieder verunsichert. War denn die Welt da draußen wirklich so kaputt? Meine negativen Gedanken wurden glücklicherweise jäh unterbrochen, als die Metrobahn in die Station einfuhr. Eine echte Pracht-Metro im Future-Design: die hochglanzpolierte Chrom-Karosserie blendete mich fast schon. Auch diese Bahn bestand wieder nur aus einer Gondel, diesmal aber deutlich größer, geräumiger und geschlossen. Mit einem leisen Zisch öffnete sich eine Schiebetür und ließ uns in die schmucke Bahn eintreten. Schicke weiß gepolsterte Sitze in perfekter Körperpassform luden zum Hinsetzen ein. Und wirklich bequem waren sie dann ja auch. Aber kaum hatte ich Platz genommen, spürte ich, wie der Sitz meinen Körper fest einklemmte, so dass ich mich kaum noch bewegen konnte.

„Hey, der Sitz klemmt mich ja ein. Ist das etwa normal?", quiekte ich entsetzt.

„Ja, klar! Das ist eine Sicherungsmaßnahme. Ihr musstet euch früher in euren Fahrzeugen umständlich anschnallen, wir werden von unseren Sitzen automatisch optimal festgehalten. Das ist doch angenehmer, als so ein Anschnallgurt, oder?"

Ich war mir da noch nicht so sicher. Auf jeden Fall fühlte sich das sehr ungewohnt an. Statt auf Rons Frage zu antworten brummte ich nur ein leises Hm-Hm.

Und dann raste das Geschoss auch gleich los wie eine Rakete. Ich wurde förmlich in den Sitz gepresst und wusste nun diese Festhaltetechnik doch ganz gut zu schätzen. Aber im Gegensatz zur Zeitreise im Lichttunnel fand ich die Metro echt geil. Wie im Flug schossen wir durch den Metrotunnel, ohne dass mir dabei irgendetwas abhanden gekommen wäre.

Nach nur wenigen Minuten war dann unsere Fahrt schon beendet. Die Sitze ließen uns wieder schön brav los, so dass wir die Metro ungehindert verlassen konnten. Unser Zielbahnsteig hatte dann auch tatsächlich etwas von Endstation. Er war völlig menschenleer und wirkte so ziemlich unheimlich.

„Sind wir hier am Ende deiner Welt?", fragte ich Ron mit einem gewissen Unterton.

„Naja, du wirst schon sehen, wo wir hier sind!", antwortete Ron leicht verzickt, was meine Neugier nur verstärkte.

Direkt in der Station befand sich in einer Nische eine große Stahltüre. Ron öffnete diese altertümliche Türe wie gehabt mit seinem Handabdruck. Dahinter verbarg sich dann ein Treppenhaus mit einer altmodischen Stahltreppe, die nach oben führte. Ich weiß nicht mehr, wieviele Etagen wir da erklommen haben, aber ich kam mir vor wie nach einer anstrengenden Bergtour. Völlig außer Atem keuschte ich wie eine alte Oma nach einer Treibjagd. Meine Lunge hing mir schon zum Hals raus, als wir endlich oben waren.

„Puh! Sind wir jetzt etwa auf dem Mount Everest, oder was?", prustete ich Ron entgegen. „Bei den Treppen kommt eine alte Oma wie ich ja ganz schön aus der Puste. Da hättet ihr ruhig einen schönen Aufzug hier einbauen können."

„Das ist doch kein offizieller Ausgang. Der wird so gut wie nie genutzt. Und die Treppe existiert nun schon fast hundert Jahre. Sie war einst als Notausstieg gedacht. Aber in wenigen Schritten sind wir doch schon da."

Jawoll. Bereits nach wenigen Metern standen wir dann wieder vor so einer ollen Stahltüre. Als Ron diese öffnete, traute ich meinen Augen kaum. Vor uns lag die verbotene Zone, meine alte Welt. Meine Heimat. Diese Welt war aber entgegen meinen Befürchtungen einfach unglaublich schön. Wie ein verwilderter Dschungel. Vögel zwitscherten laut von den Bäumen. Die Luft roch so frisch nach Grünzeug und Erde. Und der Himmel strahlte wie von einer Postkarte in kristallklarem Blau.

„Ooooh, das ist ja phantastisch. Ich komme mir vor wie im Paradies. Sagenhaft schön! Komm, lass uns diesen Garten Eden erkunden!" Ich schnappte Rons rechte Hand und zog ihn in diese wunderbare Natur.

„Langsam, Vanessa. Wir haben schon noch genügend Zeit, damit du dein Paradies erkunden kannst."

Hand in Hand, ja, Ron hielt tatsächlich meine Hand, turtelten wir wie Adam und Eva durch dieses einmalige Paradies. Es ging durch tiefstes Dickicht, vorbei an exotischen Sträuchern und Bäumen, bis wir an einer lichten Stelle auf einem kleinen Hügel anlangten. Von dort hatten wir einen herrlichen Ausblick auf die ganze Umgebung. Vor uns lag ein wilder Dschungel soweit die Augen reichten. Hinter uns befand sich LifeCity mit der riesigen Glaskuppel. Krasser hätte der Kontrast nicht sein können: vor uns der wilde Urzeit-Dschungel und hinter uns die Stadt der Zukunft. Beeindruckend.

„Sag mal Ron, ich sehe überhaupt keine alten Gebäude, kein Dorf, keine Stadt. Nur wilden Urwald. Wo sind denn unsere Städte geblieben? Sind die alle zugewuchert?"

Ron ließ jetzt langsam meine Hand los und sah mich sehr tiefgründig an. „Die meisten Städte existieren nicht mehr. Viele Städte wurden durch schwerste Erdbeben zerstört. Und die letzten großen Städte wie Paris und New York wurden durch eine Mega-Katatstrophe dem Erdboden gleich gemacht."

Ron stockte und atmete tief durch. Ich war zutiefst schockiert. Bestimmt eine Minute haben wir beide nicht gesprochen. Doch dann musste ich unser Schweigen brechen. „Was ist genau passiert? Welche Katastrophe hat unsere Welt so zerstört?"

Ron sah zur Seite und schwieg weiter. Es musste etwas Gewaltiges, etwas Verheerendes gewesen sein. Ein Atomkrieg? Ein Meteoriteneinschlag? Ich malte mir die schrecklichsten Katastrophen aus, doch Ron schwieg weiter. Soviel durfte ich nun auch nicht über unsere Zukunft erfahren, weil jedes Wissen zuviel gefährlich werden könnte. Das hatte Ron mir schon mal gesagt. Und so habe ich nie erfahren, was unsere Erde einmal so zerstören wird.

Wortlos standen wir nebeneinander und starrten Löcher in die Luft. Meine Gedanken kreisten um die mögliche Katastrophe, als es plötzlich laut knallte. Irgendwie hatte ich wohl das Bewusstsein verloren, denn als ich wieder zu mir kam, da waren Ron und ich Rücken an Rücken gefesselt. Wir saßen auf dem Boden, und vor uns turnten drei Buschmänner rum. Alle drei trugen eine klassische Kriegsbemalung wie die Urwaldstämme in Timbuktu, oder so. Diese schwarz gerösteten Urwaldgestalten trugen weizengelbe Baströckchen mit nix drunter! Und sie sahen uns böse, sehr böse an.

Mein Herz pochte nur so vor Aufregung. Die Angst hatte mir den Hals zugeschnürt und meine Stimme versiegt. Selbst wenn ich gewollt hätte, ich hätte nichts sagen können. Dafür aber umso mehr diese drei Wilden. Rackatock-tock-tock. Rackatock-tock-tock schrien sie wie bekloppt. Und immer wieder Rackatock-tock-tock!

Meine Ohren waren von dem wilden Geschrei schon fast taub, da tauchten plötzlich noch mehr Wilde auf. So an die zwanzig Rackatocks hoppsten da um uns herum. Und zwei weitere schleppten einen riesigen, alten Kupferkessel heran.

„Hey, Ron", flüsterte ich Ron zu, „diese Urwaldsäue wollen uns doch wohl nicht kochen und fressen, oder?" Hätte ich nicht diesen Exkremente absorbierenden Lifedress angehabt, dann hätte ich mir vor Panik schon längst in die Hose geschissen.

Von Ron hörte ich nur ein leises „Psst", sonst nichts. Bei dem lauten Urwaldgetöse, das diese Wilden veranstalteten, hätte ich auch sowieso nichts verstanden. Während die Bekloppten immer wilder tanzten und grölten, schoss mein Blutdruck in die Höhe. Mein Herz vibrierte. Würde ich wohl jemals wieder nach Hause kommen?

Plötzlich wurde es still. Die Urwaldsäue hielten schlagartig inne mit ihrem Gehoppse und Gegröle, als aus dem Busch ein mit bunten Federn geschmückter Buschmann auftauchte: die Ober-Urwaldsau, der Chef der wilden Kannibalen. Wäre das ein Film gewesen, dann hätte ich über dieses Schauspiel gelacht. Aber leider steckten Ron und ich mittendrin in diesem Dilemma.

Der Oberbuschmann zeigte auf uns und tönte heftig rum. Zwei seiner Jungs kamen zu uns und lösten die Fesseln. Voller Freude auf eine mögliche Freilassung ließ ich ordentlich Luft ab. Aus meinem Popo! Aber nix da, wir durften nicht gehen. Diese Kerle zerrten uns zu dem riesigen Kochtopf und fuchtelten wild herum.

„Wir müssen jetzt unseren Lifedress ausziehen", flüsterte Ron mir ins Ohr. „Und dann müssen wir in das Gefäß steigen."

Ich wäre fast wieder ohnmächtig geworden. Da wollten diese irren Urwaldsäue uns wohl tatsächlich kochen, aber bitte ohne Pelle! Sehr makaber. Aber ich tat wie mir befohlen wurde und zog langsam meine Stiefel und meinen Lifedress aus. Als Ron seinen Dress auszog, da gingen mir trotz Angst um mein Leben fast die Augen über. Mir stockte der Atem, mich verließ mein Verstand, ich war baff. Ron hatte einen traumhaften Astralkörper wie ein Dreamboy. Von Kopf bis Fuß strotzte jeder Quadratzentimeter seines Körpers nur so vor Schönheit. Und mittendrin erst!

Etwas gequält lächelte ich Ron an und stieg mit ihm völlig nackig in diesen Kochtopf. Ron hockte sich hinter mich und nahm mich schützend in seine Arme. Wäre das nicht so eine Endzeitsituation gewesen, hätte ich bestimmt ein Kribbeln gespürt. Aber so verspürte ich nur, wie die Urwaldsäue recht kaltes Wasser in den Topf füllten, bis es uns fast bis zu den Schultern stand. Lieber Herrgott im Himmel, dachte ich so, jetzt kann ich aber langsam mal aus diesem Traum aufwachen. Aber das Schauspiel ging schön brav weiter. Diese schwarzen Dschungelindianer zündeten tatsächlich ein Feuerchen, um uns zu kochen. Und dann kamen noch einige dieser Buschmänner und warfen sowas wie Kräuter in unsere Suppe.

Langsam wurde das Wasser warm. Da kam der Oberhäuptling zu uns und warf, pfui Deibel, Elefantenscheiße in die Brühe. Eine Kugel Scheiße nach der anderen, so dass uns das Wasser schon fast bis zum Hals stand. Und es stank. Erbärmlich! Dieser Obermacker brummelte noch etwas, da begann seine Truppe wie auf Kommando zu tanzen. Hoch die schwarzen Beinchen, erst die rechten, dann die linken, und zwischendrin bommelten die Glocken durch die hellen Baströckchen. Wie eine Horde wild gewordener Trampeltiere! Makatumba, Makatumba, Makatumba Rackatock-tock-tock grölten die Wilden immer wieder im seligen Einklang. Zu knuffig war diese Szenerie, aber zum Lachen war mir trotzdem nicht.

„Makatumba ist der Häuptling“, flüsterte Ron mir von hinten ins rechte Ohr. „Und sein Gefolge tanzt gerade den Tanz der Sieger. Diese Ureinwohner glauben nämlich, dass sie stärker sind als wir

Zivilisierten, weil sie sämtliche Katastrophen in der Vorzeit ohne Technik und Hilfsmittel überlebt haben."

Ich habe nichts gesagt. Nur geguckt, wie diese Wilden da rumhoppsten und ihren Makatumba betanzten und begrölten. Beinchen hoch und Glockenspiel. Das war schon faszinierend. Nur leider war die Situation auch todernst. Und das Wasser wurde zunehmend wärmer und stank immer heftiger nach Elefantenjauche.

Plötzlich fühlte ich, wie eine glitschige Schlange ganz langsam durch meine Oberschenkel schwomm. Ich fühlte förmlich, wie ihr Kopf sich durch meinen Schoß schlängelte, um mich bei der leisesten Bewegung mit einem Biss zu töten. Erstarrt saß ich in diesem stinkenden Kochwasser und versuchte meine Gedanken zu sortieren. Ganz mutig schnappte ich wie in Trance blitzschnell mit meiner rechten Hand zu, um das widerliche Biest beim Kopf zu packen und es aus dem Topf zu schmeißen. Beherzt griff ich besonders fest zu und würgte das Elend, damit es mir auch ja nicht entwischen konnte. Während ich die Schlange so würgte, hörte ich hinter mir einen gellend lauten Schrei, der auch prompt die Urwaldsäue zum Verstummen brachte. Alle Indianer guckten uns plötzlich mit Riesenaugen an und kamen sofort zu uns gerannt. Sie guckten in den Topf und sahen gottseidank nichts. Rons bestes Stück hatte sich nämlich selbstständig gemacht, und ich hatte es fast zu Tode gewürgt. Vor Erstaunen stand mir noch lange der Mund offen, bis ich mich langsam zu Ron umdrehte und mich bei ihm entschuldigte.

„Ich wollte doch nur unser Leben retten! Hätte ich gewusst, das dein kleiner Ronny keine Schlange ist, dann hätte ich vielleicht auch nichts unternommen. Aber ich wusste doch nicht..."

Ron hatte ein völlig rot angelaufenes Gesicht. Vom lauten Schreien natürlich. Er sah damit fast so aus wie diese angemalten Buschmänner. Nur ein wenig hübscher. Aber gesagt hat er nichts. Weil er vielleicht auch nicht konnte.

Dieser Vorfall machte mich jetzt aber ganz schön nachdenklich. War Ron etwa doch ein echter Mensch und kein Android? Hatte er etwa doch Gefühle? Für mich? Ich war total verwirrt. Und die bekloppte Trampeltierherde wohl auch. Denn diese Urwaldheinis glotzen uns ganz schön verstört an. Bis dann dieser Oberheini Makatumba zu uns kam und uns ebenfalls mit sorgenvollem Blick begutachtete wie zwei verkorkste Bratwürste in der Pfanne.

„Isse fertig!", schrie Makatumba seine Schwarzfußherde an. Und die Masse grölte vor Freude. Und wieder hoppsten diese Wilden wie behämmert rum und jubelten lautstark. Ron und ich, wir waren wohl bissfest fetiggegart. Jetzt konnten wir wohl dem johlenden Volke serviert werden.

„Ische Makatumba. Und du?" Dieser Obergaucho hielt mir glatt seine rechte Pfote hin und lächelte mich auch noch ziemlich breitmaulig dazu an. Jetzt sollte ich dem Typen auch noch den Namen von seinem Braten nennen.

„Ische Vanessa un dasse Ron", antwortete ich in seiner Muttersprache. War wohl ein Urstamm mit italienischer Herkunft.

„Isse alles gut! Kanne jetze aussekomme, Vanessa unne Ron! Isse alles klar!" Makatumba ließ uns also halbgar wieder aus dem Kochtopf steigen. Dass Ron und ich nackig waren, konnte eigentlich niemand mehr erkennen, so dick waren wir mit der stinkenden Elefantenjauche eingesabbert.

Ron stieg etwas langsamer aus der Suppe, er musste wohl erst noch etwas erledigen. Ich bin jedenfalls sofort aus dem Kochtopf gehüpft und war froh, dass uns diese Wilden wohl doch nicht fressen wollten. Als Ron dann endlich auch aus dem Topf stieg, musste ich ihn wieder mal genau mustern. Ein echt knackiges Prachtstück, dieser Ron. Dieser wohlgeformte Astralkörper, diese affengeile Figur. Sowas wünscht sich wohl jede Frau. Wenn da nicht dieser braune, stinkende Belag gewesen wäre.

Einer von Makatumbas Trampeln hielt uns schließlich unsere Gummianzüge hin. Wir waren also tatsächlich wieder freie Leute, sollten unseren Lifedress wohl wieder anziehen. Ich guckte etwas pikiert aus meiner Schlammpackung, weil ich das doch alles ziemlich seltsam fand.

„Dürfen wir uns denn erstmal die Scheiße abduschen, oder sollen wir uns etwa ungewaschen wieder anziehen?", fragte ich etwas unbeholfen nach.

„Nein! Isse alles fertig!", wiederholte Makatumba sich.

Ron erklärte mir dann, dass dies so üblich sei. Wenn diese sogenannten Naturmenschen solche wie uns aus der Zivilisation einfangen, dann werden die ordentlich in Schmutz und allerei dreckigem Zeug gebadet, um die Spuren der Zivilisation zu entfernen. Erst dann dürfen auch Zivilisierte die alte Welt betreten. Ja, und wir beide waren ja jetzt ganz schön versaut, so dass wir diese schöne alte Welt mit Makatumbas Erlaubnis hätten weiter erforschen können. Aber das wollte ich jetzt auch nicht mehr. Ich wollte jetzt nur noch zurück in die zivilisierte Welt und die stinkende Elefantenscheiße von meinem Körper abschrubben.

Trotzdem habe ich mich schön brav bei Makatumba und seinen Wildschweinen bedankt. Irgendwie konnte ich diese Naturburschen auch ein bisschen verstehen. Da kommen zwei hochglanzpolierte, geschniegelte Cybertypen in den Urwald und versauen mit ihrer Sterilität die ganze heimelige Atmosphäre. Schon klar.

Ron und ich, wir haben dann tatsächlich unseren Lifedress über die Stinkscheiße angezogen und sind dann wieder zurück in Richtung LifeCity. Die Urwaldjungs haben uns noch vor Freude grölend hinterhergewunken, was ich ja echt nett fand. So böse waren die also gar nicht. Wie man sich doch täuschen kann. Die waren nicht böse, und Ron war doch ein ganz normaler Mensch, aber einer mit recht steifen Gefühlen.

8 Annelottes Tipps für Gesundheit und Beauty

Das war ja vielleicht ein Abenteuer! In Gedanken habe ich mich bis heute noch nicht so richtig davon erholt. Als ich da mit Ron im Kochtopf saß, da hatte ich jede Hoffnung auf ein glückliches Erwachen aufgegeben. Das war tatsächlich ein lebendiger Alptraum.

Aber nun waren wir beiden Eingesauten ja wieder auf dem Weg zurück in die zivilisierte Welt. Auf dem Weg zurück nach LifeCity kam ich mir vor wie eine stinkende Schlampe. Alles, was ich jetzt brauchte, war eine ordentliche Dusche mit gaaanz viel Seife. Und ein Schrubber zur porentiefen Reinigung.

„Ich schäme mich so sehr", flüsterte ich zu Ron, als wir in der Metro nach LifeCity saßen. „Was sollen nur die Menschen hier in der Bahn von uns denken, wenn wir so stinken wie die Ütterböcke?"

„Ach, die denken sich einfach, dass wir in der verbotenen Zone waren. Das Spielchen kennt hier nämlich jeder. Denn auch unsere Kinder wollen irgendwann mal in die verbotene Zone reisen. Und dann erleben sie genau Dasselbe wie wir. Das ist hier fast schon ein festes Ritual, das zum Erwachsenwerden gehört."

Als Ron das sagte, kochte ich vor Wut fast über. Da hat dieser Mistkerl schon von Anfang an gewusst, was uns da draußen erwartete. Und er hat mir nichts davon erzählt, sondern mich wie so ein blödes Blag offen in die triefende Scheiße laufen lassen. Arschloch!

„Sag mal, bist du eigentlich bescheuert?", schrie ich Ron an. „Wenn du genau gewusst hast, was da bei den Wildsäuen draußen im Urwald passiert, warum hast du mir das dann nicht vorher gesagt? Dann wäre ich sicher nicht mit dir dahin gefahren!"

Ron grinste sich einen. Er hatte wohl sichtlich Spaß daran, dass ich mich über dieses Scheißabenteuer so aufregte. Wenn ich nicht vom Sitz in der Metro festgehalten worden wäre, dann hätte ich dem Blödmann auch gerne eine geballert.

„Ich habe dich doch ausdrücklich gewarnt. Ich habe dir ganz deutlich gesagt, dass du von der verbotenen Zone enttäuscht sein wirst. Und jetzt schimpfst du mit mir. Das hat man nun mal davon, wenn man seine Neugier nicht unter Kontrolle hat!"

Tatsächlich behandelte mich dieser Saftsack jetzt wie ein kleines, doofes Kind. Und ich konnte ihm immer noch keine ballern. Dafür strafte ich ihn mit einem sehr, sehr bösen Blick.

„Mach dir nichts draus", meinte Ron ganz gelassen. „Das habe ich als kleiner Junge auch mitgemacht. Ich wäre vor Angst fast gestorben. Aber heute sehe ich diese Geschichte als ein unverzichtbares Abenteuer. Das muss man einfach mal erlebt haben. Und du darfst stolz darauf sein, dass ich dir dieses Abenteuer gegönnt habe."

Irgendwie hatte Ron ja recht. Warum sollte ich jetzt sauer sein, wenn ich doch gerade so ein oberbekloppptes Erlebnis hatte, das man nicht jeden Tag erlebt. War schon okay.

Wir Stinkies düsten also mit der Metro wieder zurück in die lupenreine Stadt mit den sterilen Typen. In LifeCity wollten wir gleich wieder zu Annelotte gehen, damit ich mich für meine Rückreise in die Vergangenheit wieder etwas restaurieren lassen konnte.

„Wenn wir gleich bei Annelotte sind, dann erzähle ihr aber bitte nichts von der Schlange, okay?", druckste Ron.

Hui, der liebe Ron schämte sich also für seine unkontrollierten Gefühlsauswüchse. „Da hat der kleine Ronny den großen Ron aber ganz schön aus der Bahn geworfen, was?", erwiderte ich mit einem breiten Grinsen.

„Nein, das nicht. Aber Annelotte hat so eine spitze Zunge. Und ich habe keine Lust, mir von ihr einen Vortrag darüber anzuhören, dass ich dir möglicherweise zu nahe gekommen bin. Denn wir haben hier alle die strikte Anweisung, dass wir uns euch gegenüber ganz neutral verhalten sollen. Keine Gefühle. Keine Beziehung. Sonst gibt es hinterher nur Ärger. Du weißt schon."

Ja, all die gebrochenen Herzen. Vor allem, wenn Elton John, Pavarotti und all die anderen Zugereisten plötzlich nicht mehr zurück in die Vergangenheit reisen wollten. Das wäre ja ein Drama. Was würde dann nur mit unserer Welt geschehen? Oh, du Weltenschmerz!

Ja, mir war schon klar, was Ron mir damit mitteilen wollte. Und Annelotte sah nicht nur aus wie eine Domina-Spitzmaus, sie hatte tatsächlich einen etwas schärferen Unterton in der Stimme. Also wollte ich schön brav meine Klappe halten. Versprochen!

Tja, und so standen wir auch wieder vor Annelottes Tür. Ron atmete nochmal tief durch, bevor er die Tür zur roten Zora öffnete. Zisch, und die Pforte öffnete sich. Und da war sie, Annelotte im knallroten Gummidress und mit dem feuerroten Lockenturm auf dem Schädel. Mit weit geöffneten Augen starrte sie uns an, als wären wir die Geister von Canterville.

„Wie seht ihr tenn aus? Unt ihr stinkt so ssreckliss. Wart ihr etwa in ter ferpotenen Ssone?“, kreischte dieses Ungetüm uns an.

„Oh, Annelotte. Ron kann nichts dafür. Ich wollte unbedingt in die verbotene Zone. Ich wollte meine alte Welt sehen. Und da waren diese schwarzen Urwaldsäue. Die haben uns gefangen genommen und in einen Kochtopf gesteckt. Und dann haben sie wie wild getanzt. Wenn Ron nicht so laut geschrien hätte, dann wären wir sicher ganz durchgekocht worden. Aber...“

Annelotte unterbrach einfach meine aufregende Geschichte und kiekste uns ziemlich laut an. „Ron hat gessrien? Was hat Ron tenn sso gessrien?“

Auweia! Was hat Ron denn so geschrien? Mir fiel verdammt nichts ein. Außer der Wahrheit vom kleinen Ronny.

„Es reicht! Ich habe einfach geschrien, dass es reicht! Das Wasser im Topf war nämlich schon ganz schön heiß. Und ich wollte nicht, dass die arme Vanessa sich noch irgendwelche Verbrennungen zuzieht, die sie ihr Leben lang an dieses grauenvolle Erlebnis bei uns erinnern." Da hatte Ron ja noch mal die Kurve gekriegt.

„Sso, sso! Unt jetzt muss iss euss wieter in Ortnunk prinken, ja?", giftete Annelotte uns an.

„Ja, bitte! Vanessa muss bald wieder zurück in ihre Zeit. Und da wäre es nicht schön, wenn wir sie mit diesem unappetittlichen Geruch zurücklassen würden, oder?"

„Ja! Bitte! Annelotte! Ich brauche dringend eine intensive Porenreinigung. Bitte befreie mich von dieser elendig-stinkenden Elefantenscheiße!" Ich flehte Annelotte regelrecht an.

Nun gut, Annelotte hatte tatsächlich ein Einsehen. Ansonsten hätte ich sie ja auch an dieser Stelle mit den allerhässlichsten Worten bloßgestellt. Und da wäre sie ja sicher auch nicht sehr erfreut drüber, wenn sie in der Zukunft mein Buch lesen würde. Alles klar?

Also nahm Annelotte sich meiner an. Sie steckte einfach einen Schlauch in ein Ventil am Bauch in meinem Lifedress. Und dann zischte es ganz ordentlich. Der Schlauch blähte zunächst diesen Gummidress auf wie ein Luftballon. Ich sah wohl aus wie eine aufgedunsene Diva kurz vor dem Platzen. Und danach saugte dieser Schlauch mit voller Kraft die ganze Scheiße aus meinem Anzug, dass ich mich sprichwörtlich gewaschen hatte.

So funktionierte also Körperreinigung in der Zukunft. Schade, dass ich keinen Spiegel hatte. Aber die ganze Prozedur konnte ich anschließend bei Ron noch beobachten. Ich konnte mich vor Lachen kaum halten, so komisch sah Ron im aufgeblähten Zustand aus. Echt Banane!

„Tas ist nisst witzik! Tas ist pure Tessnik! Tu kannst froh sein, tass tu tiss nisst ausziehen musst!", giftete die rote Domina mich an.

„Ja, das finde ich wirklich toll! Sowas hätte ich auch gerne zu Hause. Aber das ist ja noch Zukunftsmusik für unsereins. Aber danke, liebe Annelotte, dass du mich vor meiner Abreise nochmal so richtig fein machst. Ich werde das lobend in meinem Buch erwähnen!"

Wow, das saß perfekt. Jetzt hatte Annelotte geschnallt, dass sie ja in meiner Story auftauchen würde. Und ganz plötzlich war sie so lieb und nett, als wäre sie meine beste Freundin.

„Aper tas tu iss tok kerne fur tiss!", judelte Annelotte in freundlichsten Tönen. „Wenn tu nok irkentwelsse Fraken hast, tann frak miss einfak. Iss pin kerne fur tiss ta!"

Oh, wie freundlich von Annelotte. Natürlich nutzte ich dieses einmalige Angebot gleich aus.

„Sag mal, Annelotte, du bist schon 96 Jahre alt und siehst so toll aus wie eine Dreißigerin. Wie hast du das nur gemacht?" Ich schmierte der Roten erstmal eine ordentliche Portion Honig um ihre scharfzüngige Schnute. Und das wirkte!

„Erstmal ein kute Ernahrunk mit fiel Opst, Kemuse unt fiel Ketreideprodukte mit Milss. Ernahrunk ist tas Wisstikste fur tie Kesuntheit!", trällerte mir Annelotte entgegen.

„Und was ist mit Kosmetik? Was tust du so gegen deine Falten, gegen die Hautalterung?", fragte ich interessiert nach.

„Oh, ta kipt es sehr fiele Moklisskeiten. Iss make oft eine Fakumassage. Tas ist eine Art Saukmassage, tie tie Tursssplutunk im Kewepe fortert. Ter Lifedress makt tas automatiss, intem er tie Haut im Fakuum massiert. Tas hilft keken Cellulite unt slaffe Haut."

„Mensch, Annelotte, ich bewundere dich. Echt! In deinem Alter betrachten in meiner Zeit die meisten Menschen die Erde schon von unten. Und du siehst aus wie das blühende Leben. Das ist echt bemerkenswert!" Und da ging meine zuckersüße Honigschmierattacke erst richtig an.

„Oh, tankesson! Aper mit sechsuntneunßik Jahren pin iss auch nok nisst so alt. Ein Menss wirt heute im Snit so runt hunterttreißik Jahre alt. Ta hape iss nok einike Jahre, nisst?“

„Hundertdreißig?“, fragte ich erstaunt nach. „Da sind wir aber noch weit von entfernt. Bei Mitte achtzig ist bei uns im Schnitt Zappenduster. Und die möchte ich gerne mindestens auch werden. Und wenn es eben möglich ist, auch bei bester Gesundheit und Schönheit.“

„Klar, tas ist sehr kut mokliss! Iss hape teine Uhr jetzt sson um ein paar Jahre zuruckketreht. Iss hape tir ja einen Fitalmix in teinen Lifetress injiziert. Tu weißt tok, oter?“

„Ach, ja! Ich erinnere mich. Du hast mir was in den Anzug gespritzt. Was war das denn nochmal?“, wollte ich genau wissen.

„Tas war Ginkgo fur teine Tursplutunk, Coffein fur feste Haut am kanssen Korper, Barentraupe keken teine Pikmentflecken an teinem linken Operssenkel, Fitamin K keken teine Pesenreiser unt etwas Salzlosunk ssum Entslacken.“

„Wow! Das war alles in deiner Vitaminspritze drin? Und das wirkt jetzt alles über meinen Lifedress?“

„Ja, tas alles war in ter Spritze. Unt alles wirkt kanz perfekt. Tu wirst es sehen, wenn tu ten Lifetress wieter ausßiehst. Die Pesenreiser unt Flecken kehen wek, teine Peine werten slank und straff.“

Annelotte machte mich schon richtig kribbelig. Das wäre ja toll, wenn diese Wirkstoffe auch direkt über die Haut wirken würden und ich dadurch meine kleinen Makel loswerden könnte. Auf den Blick in den Spiegel war ich schon sehr gespannt.

„Ach, Annelotte, ich bin ja schon sehr neugierig. Obwohl ich es bei euch ja richtig toll finde, freue ich mich schon auf mein Zuhause. Und dann werde ich sicher sofort in den Spiegel gucken und mich begutachten.“

„Unt tu wirst tiss wuntern!“, betonte Annelotte.

„Hoffentlich! Und dann möchte ich auch alles tun, damit ich das Ergebnis möglichst lange erhalten kann. Hast du da vielleicht noch ein paar tolle Tipps für mich?"

„Ja, sisser! Kesunte Ernahrunk mit fiel makerem Eiweiß aus Pflanzen unt Milss kompiniert mit kanz fiel frissem Opst unt Kemuse, fiele Pallaststoffe und fiel Trinken. Eikentliss kanz einfak. Tann funktioniert tein Korper perfekt unt pleipt auk fit unt kesunt." Annelotte fand die Sache mit der gesunden Ernährung wohl superwichtig.

Ja, das ist es aber auch wirklich. Immerhin achte ich selbst auf eine gesunde Ernährung mit vielen Vitaminen und Mineralstoffen. Das sollte wohl für jeden Menschen machbar sein. Sich lecker und gesund satt essen, ohne auf kleine Belohnungen zu verzichten. Dafür aber auf krankmachende Kalorienbomben im Übermaß. Mal eine Currywurst oder mal ein üppigeres Festmenü, das geht. Aber eben nicht zu oft. Hier zählt immer das richtige Maß.

„Und wie kann ich am besten Infektionen vorbeugen? Da soll ja ein mächtiges Supervirus die halbe Menschheit ausrotten. Und ich will nicht so gerne mit von der Partie sein."

„Ernahrunk! Tu musst fiel pflanzlisse Infektionskiller essen. Prunnenkresse, Meerrettiss, Sswiepeln. Tas sint tie pesten Firenkiller. Einfak jeten Tak in teine Ernahrunk einpauen."

„Annelotte! Hast du vielleicht noch ein paar Tipps für meine Hautpflege? Was kann ich gegen die vorzeitige Hautalterung tun?" Ich wechselte jetzt nochmal das Thema, denn so gut würde ich wohl nie wieder beraten werden.

„Auk kanz einfak. Hautalterunk entsteht turss kleinste Mikroentssuntunken in ten Hautssellen. Turss zufiel Sonne. Turss falsse Ernahrunk. Turss Stress. Turss Krankheit. Unt tiese Entzuntunken pehantelt man am pesten mit Wirkstoffen keken Entssuntunken. Unt takeken hilft Wuntsalpe mit Wirkstoffen wie Ssink, Panthenol oter

Allantoin. Auk Pflanssenextrakte wie Kamille. Tas stoppt tie Entssuntunken unt premst tie Hautalterunk sehr wirksam."

Die Tipps von Annelotte waren echt klasse. Einfach anwendbar und sicher effektiv. Die musste ich mir jetzt erstmal alle merken. Na, und dann drängte Ron auch schon. Wir mussten langsam wieder aufbrechen. Leider hieß es jetzt Abschied nehmen. Abschied von der Zukunft, Abschied von einer traumhaften Welt. Annelotte drückte ich zum Abschied noch ein dezentes Bussi auf die Wange. So ultraverzickt war sie ja nun doch nicht. Und ihre heißen Tipps waren doch super. Ach, und was hat die rote Anne sich gefreut. Ihre Augen strahlten wie funkelnde Diamanten, als ich sie busselte. War wohl ihr erstes Bussi in ihrem langen Leben. Zumindest hatte ich so das Gefühl. Tja, und dann sind Ron und ich auch schon davongedüst. Bye-bye, Annelotte!

9 Abschied und der Morgen danach

Jetzt hieß es also tatsächlich Abschied nehmen von der Zukunft, Abschied von einem unglaublichen Abenteuer. Ron und ich, wir gingen wieder einmal durch den langen Flur mit den vielen Türen. Diesmal trottete ich wie eine Schildkröte neben Ron her, eben möglichst langsam. Ich wollte eigentlich noch gar nicht zurück in meine Zeit. Es gab doch noch so viele Fragen, so viele Dinge, die ich sehen, entdecken und erleben wollte. Doch nun war die Besuchszeit fast vorbei. Leider!

„Nun komm doch ein bisschen schneller. Wir müssen uns beeilen. Die Zeit läuft uns davon", ermahnte Ron mich mit strengem Ton.

„Ja, ja! Ich mach doch schon. Eine alte Frau ist nun mal kein Rennwagen", entgegnete ich etwas traurig.

„So ein Quatsch! Du bist überhaupt keine alte Frau. Und rennen müssen wir ja auch nicht. Ich habe eher das Gefühl, dass du absichtlich so langsam gehst."

„Du spinnst ja", verteidigte ich mich. „Ich bin tatsächlich richtig kaputt. Ich habe jetzt soviel gesehen und erlebt. Und mir fehlt halt noch etwas Schlaf. Hättest du mich nicht mitten in der Nacht entführt, dann wäre ich jetzt auch bestimmt nicht so müde."

„Ich habe dich doch nicht entführt. Du bist doch freiwillig mit mir mitgereist."

„Schon gut! Das habe ich doch nur so gesagt. Das war doch auch der aufregendste Trip durch die Nacht, den ich jemals erlebt habe. Und dafür bin ich dir sogar sehr dankbar", versuchte ich den armen Ron zu beruhigen.

„Schön, das freut mich. Ich hoffe, du vergisst dabei nicht deine Aufgabe. Schreibe alles ordentlich auf und veröffentliche diese Story", erinnerte mich Ron nochmal an meine Mission.

„Und ob ich dieses Abenteuer aufschreiben werde. Da kannst du aber sicher sein, Ron. Wenn es nach mir ginge, dann sollte die ganze

Welt diese irre Story lesen. Glaub mir!“

„Vergiss dabei aber nicht, die Menschen in deiner Zeit daran zu erinnern, dass sie ihren Lebensstil ändern sollen. Sie sollen gesünder leben im Einklang mit der Natur. Schreib über die Gesundheitsfolgen durch die falsche Ernährung und stressige Lebensweise, über die drohende Viruspandemie, über die Katastrophen, die der Mensch verursacht. Sag deinen Mitmenschen, dass die Zukunft nur dann existieren wird, wenn jeder Mensch seinen Beitrag dazu leistet. Ach, ich denke, du machst das schon richtig.“

„Ja, ich mach das schon. Ich werde mir da schon was einfallen lassen. Ich werde vor allem die guten Tipps von Annelotte verarbeiten. Gesünder ernähren, schöner aussehen und besser leben. Das ist schon ein gutes Motto, findest du nicht?“

„Genau so!“, bestärkte Ron meinen Vorschlag. „Das klingt wirklich schon sehr gut. Zeige deinen Mitmenschen den Weg in ein besseres Leben!“

Und während wir so quasselten standen wir auch plötzlich wieder vor der Türe zum Terminal. Jetzt hieß es wirklich Abschied nehmen vom Jahr 2256. Tschüss Annelotte, tschüss Kira und tschüss ihr verrückten Schwarzfußindianer in der verbotenen Zone. Adios LifeCity und good bye LifeCenter.

Als Ron die Tür zum Terminal öffnete, wurde mir ganz komisch. Nicht nur der Gedanke an den Abschied, sondern auch die Erinnerung an die schreckliche Zeitreise im Lichttunnel vermiesten meine bisherige gute Laune. Mir graute vor dieser Rückreise in die Vergangenheit.

Wortlos gingen wir in diesen Raum. Ron sah mich mit großen Augen an. Ich hätte am liebsten weggeguckt. Aber diese Reiseprozedur musste nun mal sein. Wer A sagt muss auch B sagen. Und so ließ ich alles Weitere über mich ergehen.

„Sag mal, Ron, muss ich jetzt etwa den Lifedress ausziehen und nackig zurückreisen?"

„Nein, für die Rückreise kannst du den Lifedress anbehalten. Annelotte hat ihn ja ganz auf deine Bedürfnisse abgestimmt."

Mir glaubt ja keiner, wie froh ich war, dass ich diesen Gummianzug anbehalten durfte. Ich hatte nämlich keinen Bock darauf, später bei mir im Wohnzimmer irgendwelchen Körperabfall beseitigen zu müssen. Wenn denn die Rückreise auch wieder so beschwerlich verlaufen würde, dann würde ich mir sprichwörtlich in den Anzug scheißen. Und den könnte Ron dann gerne wieder zurücknehmen.

Bei dem Gedanken an diese Rückreise atmete ich nochmal ganz tief durch. Ich hatte echten Bammel davor. Würde alles perfekt klappen? Würde ich auch tatsächlich wieder in meiner Zeit landen? In meinem Wohnzimmer? Vor allem wohlbehalten und gesund? Und mein Bettchen wartete doch schon so lange auf mich.

„Ist alles in Ordnung?", fragte Ron mich etwas besorgt.

„Ja. Geht schon", war meine knappe Antwort.

Und dann hockten wir uns auch schon wieder inmitten des Raumes auf den Boden, um in meine Zeit zu starten. Da blitzten wieder die Lichter, es zischte wie gehabt, die Lichtglocke öffnete sich und wir düsten in einem Affentempo durch die Zeit. Diesmal empfand ich das Tempo allerdings nicht mehr so extrem belastend. Mir hing nichts mehr runter, nichts ging mehr daneben. Der Lifedress hatte mich vor den bekannten Unannehmlichkeiten bestens geschützt.

Die Rückreise verlief auch irgendwie schneller. Nach nur wenigen Minuten landeten wir tatsächlich in meinem Wohnzimmer. Alles war so wie es vorher war. Alles stand noch an seinem gewohnten Platz. Zumindest fühlte ich mich wieder zu Hause.

„Da sind wir wieder", meinte Ron. „Alles hat bestens funktioniert. Und wie fühlst du dich?"

„Es geht so. Auf jeden Fall nicht so schlimm wie bei der ersten Zeitreise. Ich glaube, der Lifedress hat alles schön zusammengehalten.“

Naja, und dann stellten wir uns erstmal hin. Da standen wir nun so voreinander und starrten einander wortlos an. Im recht dunklen Wohnzimmer blitzte das Weiß unserer Augen wie kleine Neonleuchten. Wenn Ron jetzt wenigstens etwas gesagt hätte. Aber da kam nichts. Minutenlang haben wir so voreinander gestanden und einfach nur gestarrt.

„Ich muss jetzt leider zurück. Und deinen Lifedress muss ich auch wieder mitnehmen. Entschuldige bitte!“, Rons Stimme klang ziemlich bedrückt.

„Ist schon gut. Ich ziehe das Ding gleich aus“, antwortete ich ebenfalls recht traurig. Also wendete ich mich von Ron ab und zog in Windeseile den Lifedress aus. Und ruckzuck hatte ich wieder meinen ollen Schlafanzug an, der tatsächlich im Wohnzimmer auf dem Boden lag. Das wars dann also.

Ich drehte mich nochmal zu Ron, um mich von ihm zu verabschieden. Doch plötzlich schnappte Ron mich und nahm mich in seine Arme. Er drückte mich fest, ganz fest. Ich stand da wie mein steifer Schrubber, der noch an der Wand lehnte. Dann sah Ron mir tief in meine traurigen Neonleuchter. So tief, dass mir ganz anders wurde. Oh, was war nur los mit Ron? Wieder so ein Gefühlsausbruch? Meine Knie wurden butterweich. Ich zitterte am ganzen Körper. Ich musste mich schon gut festhalten, wenn ich nicht gleich zusammensacken wollte. Also umarmte auch ich Ron ganz, ganz fest.

Und dann passierte es. Irgendwie bin ich wohl dabei fast ohnmächtig geworden. Auf jeden Fall hatte mein Gedächtnis für kurze Zeit einen Aussetzer. Ron küsste mich mit seinen wunderschönen Lippen. Auf meine Stirn, meine Nase und gaaanz lange auf meinen Mund. Das konnte wirklich nur ein Traum sein. Denn welcher Schönling würde schon eine Olle im Frottée-Schlafanzug knutschen?

„Ich wünsche dir alles Gute. Und vergiss mich bitte nicht!" Das waren die letzten Worte von Ron. Ich konnte nichts sagen. Ich wusste doch nicht, ob ich mich im Himmel oder im Fegefeuer befand. Das war einfach zuviel des Guten für mich. Ich nickte nur.

Ron hockte sich wieder auf den Fußboden. Und als das Lichterfeuerwerk begann, lief mir eine kleine Träne über mein Gesicht. Wie gerne hätte ich noch mehr erlebt mit Ron. Sicher hätten wir noch eine Menge Spaß gehabt. Aber jetzt reiste er einfach davon in die Zukunft. Alleine ohne mich.

Ob ich Ron jemals wiedersehen würde? Wer weiß, wenn ich jetzt ziemlichen Mist über dieses Abenteuer schreiben würde, dann würde Ron das vielleicht in der Zukunft lesen und zu mir zurück kommen, um mir die Leviten zu lesen. Aber darauf wollte ich es nicht ankommen lassen.

Traurig trottete ich zurück in mein verlassenes Bettchen. Ich kuschelte mich ganz fest in meine Bettdecke ein und wünschte mir einen wunderschönen Traum. Einen Traum von Ron vielleicht. Irgendetwas Schönes, was mich jetzt trösten würde. Vor Erschöpfung schlief ich auch gleich ein.

Am nächsten Morgen schrillte mich mein Radiowecker in extremer Lautstärke aus dem Tiefschlaf. Ich schreckte regelrecht in mich zusammen. Das Jingle zu den Sieben-Uhr-Nachrichten klang ziemlich nervig und dröhnte nur so in meinen Ohren.

„Guten Morgen. Es ist sieben Uhr, und Sie hören die Nachrichten...", faselte der Nachrichtensprecher. Am liebsten hätte ich meinem Wecker oder noch lieber dem Sprecher eine gescheuert. Wie konnte er mich bloß aus meinen schönsten Träumen reißen? Ich hätte jetzt noch so gerne weiter gekuschelt und von dem süßen Ron geträumt. Doch die Pflicht rief, und ich musste raus aus den Federn.

Unter Zwang quälte ich mich aus meinem warmen Bettchen, um mir anschließend im Badezimmer eine erfrischende Dusche zu verpassen. So matt und kaputt wie ich mich fühlte, hätte aber selbst eine Eisdusche nicht sonderlich viel ausrichten können. Ich war einfach noch viel zu müde.

Trotzdem schleppte ich mich mühsam ins Badezimmer. Ich kam aus dem Gähnen nicht mehr raus und kriegte meine Augen kaum auf. Und so torkelte ich noch schlaftrunken um die Kurve und stieß mich am Türrahmen, dass es nur so krachte.

„Scheiße!“, brüllte ich. „Das gibt mal wieder schöne blaue Flecken. Verdammt noch mal!“

Und dann kam der Hammer. Als ich mit meinen verschlafenen Augen in den Spiegel blinzelte, da sah ich eine völlig fremde Person. Diese Person sah keineswegs aus wie die altbekannte Vanessa. Vor Schreck riss ich meine Augen auf und kippte fast um. Dieses Gesicht, diese Frisur, überhaupt dieses Wesen, was mich da aus dem Spiegel anglotzte, das war nicht ich. Das war nicht meine Fratze. Das war eine völlig fremde Frau.

In tiefster Panik atmete ich tief durch, um auch gleich zum Schrei anzusetzen. Aber kurz vor dem Einsatz meiner Stimmbänder erkannte ich, dass diese fremde Frau die Vanessa war, die Annelotte gestylt hatte. Oh Gott, das war ich also doch. Mit der geilen Blondmähne und dem megaperfekten Make up. Diese coole Braut im Spiegel war tatsächlich ich.

Ich konnte nicht fassen, was ich da sah. Meine Haut, meine Augen und Lippen, alles war so makellos perfekt geschminkt, dass ich mich kaum wiedererkannte. Und die Frisur erst. Schnurgerader Pony, füllig aufgebauschter Oberkopf mit einem wilden Zopf. Und an den Seiten die kleinen Zöpfchen, die ich beileibe nie im Leben hätte selbst flechten können. Schon gar nicht in einem Traum...

GINKGO BILOBA
AMARA
ARMORACIA
MUMIENÖL
COFFEA
VAKUMASSAGE
UVA URSI
LIFEDRESS
BALANCING
GESÜNDER_SCHÖNER_GLÜCKLICHER
GESUNDHEIT & SCHÖNHEIT AUS DER ZUKUNFT
INNOVATIVE METHODEN ZUR SELBSTANWENDUNG

Gesünder! Schöner! Glücklicher!

Nach meiner unglaublichen Reise in die ferne Zukunft habe ich mir natürlich sofort so meine Gedanken gemacht: Wird unsere nächste Zukunft wirklich eine reine Katastrophe? Und warum sind die Menschen in der fernen Zukunft trotzdem so viel gesünder, schöner und glücklicher als wir? Wie passt das alles zusammen? Lauter Fragen, auf die wir alle eine Antwort suchen, oder?

Alles wird gut

Eines vorweg: Keine Panik! Unsere Zukunft wird gut. Wenn wir daran arbeiten. Wenn wir ganz bewusst etwas für uns und unsere Zukunft tun. Jeder einzelne von uns muss daran arbeiten, wenn wir alle gemeinsam eine gute Zukunft erleben wollen. Fangen Sie am besten bei Ihrer Lebensweise an. Sind Sie rundum glücklich und zufrieden mit Ihrem Leben? Klar, natürlich nicht! Wer ist das auch schon. Aber überlegen Sie einmal, was Sie alles in Ihrem Leben verbessern können. Sicher gibt es da einige Punkte, an denen Sie noch unbedingt arbeiten sollten. Beginnen Sie am besten jetzt sofort damit, indem Sie diesen Ratgeber weiterlesen.

...denn Du bist, was Du isst...

Du bist was du isst

Wie sieht es eigentlich mit Ihrer Ernährung aus? Essen Sie viel frisches Obst und Gemüse? Ernähren Sie sich ausgewogen und gesund? Oder ist die Ernährung vielleicht sogar ein Knackpunkt in Ihrer Lebensweise? Möchten Sie vielleicht gerne ein paar Pfunde oder mehr abnehmen? Aber Sie kriegen es irgendwie nicht gebacken? Dann sollten Sie erst recht weiterlesen.

Spieglein an der Wand

Wenn Sie in den Spiegel schauen, was sehen Sie dann? Eine wundervolle Schönheit, die vor Glück nur so strahlt? Nicht? Zeigt Ihnen Ihr Spiegelbild eher eine langweilige Person, die Sie am liebsten nicht kennen wollen? Müde, gestresst und ausgelaugt von der Hektik des Alltags? Strähnige Haare, fahler Teint und verbissene Lippen, die erschöpft die Mundwinkel hängen lassen? Dann wird es jetzt allerhöchste Zeit, die Weichen in eine bessere Zukunft zu stellen. Mit meinen tollen Tipps aus der fernen Zukunft werden auch Sie ganz einfach bald gesünder, schöner und glücklicher!

Ernährung - Basis für unsere Gesundheit

Im Laufe unseres Lebens essen wir gut und gerne über 100.000 mal. Pro Jahr verzehren wir rund eine Tonne Lebensmittel! Trotz der Fülle und Auswahl sind sehr viele Menschen dennoch mangelernährt. Weil sie das Falsche essen: zu viele Kalorien und zu wenige Vitalstoffe. Und das sieht man diesen Menschen schließlich auch an. Denn ein Nährstoffmangel macht dick, beschleunigt das Altern und verursacht auf Dauer typische Zivilisationskrankheiten wie z.B. Bluthochdruck oder Diabetes.

Richtig essen

Wer seinen Körper bewusst mit allen wichtigen Nährstoffen versorgt, der vitalisiert seinen gesamten Organismus. Viel Obst und Gemüse, mageres Eiweiß, gesunde Pflanzenöle und reichlich Ballaststoffe verwöhnen unseren Körper mit allem, was er für eine reibungslose Funktion benötigt. Alles was wir essen und vollständig verdauen, weil es nicht zu viel ist, nährt unsere Gesundheit. Alles was wir im Überfluss verzehren, verzehrt uns und nährt unsere Krankheiten. Eine bewusste Ernährungsbalance ist die Basis für unsere Gesundheit und für eine optimale Lebensqualität.

Nahrung ist Medizin

Einige Lebensmittel haben es wirklich in sich. Sie enthalten eine geballte Ladung wertvoller Wirkstoffe, die es in dieser natürlichen Kombination nicht in Pillenform gibt. Deshalb ist es ratsam, diese Lebensmittel täglich zu verzehren, um von deren Wirkung optimal zu profitieren.

Besondere Wirkstoffe

Viele Lebensmittel enthalten spezielle Substanzen, die als ausgesprochene Jungmacher gelten. Zu diesen Stoffen gehören Aminosäuren, sekundäre Pflanzenstoffe wie Phenole, Flavonoide oder Carotinoide und verschiedene etherische Öle. Diese Biostoffe sind so wirksam wie Medikamente, einige übertreffen sogar die Wirkung von Medikamenten. Und das ohne Nebenwirkungen!

Gesundheit zum Essen

Wenn wir täglich besonders nährstoffreiche Lebensmittel auf unseren Speisenplan setzen, dann blühen unsere Zellen auf - und wir mit ihnen. Wir strotzen nur so vor Gesundheit. Typische Befindlichkeitsstörungen können mit solchen Lebensmitteln sogar beseitigt, Krankheiten oft deutlich gelindert werden.

Gute Mikrozirkulation für mehr Leistung

Was nützt die beste Ernährung, wenn die wichtigen Vitalstoffe nicht bis in alle Zellen gelangen? Wenn die Zellen nämlich nicht mit allen lebensnotwendigen Nährstoffen versorgt werden, dann verkümmern sie und mit ihnen die betroffenen Organe. Das Blut versorgt über feinste Blutgefäße die Zellen mit essenziellen Nährstoffen und lebenswichtigem Sauerstoff. Wenn aber zum Beispiel unsere Herzzellen nicht ausreichend ernährt werden, dann wird unser Herz krank. Das zeigt, wie wichtig eine gute Durchblutung ist.

Gestörte Durchblutung

Neueste Untersuchungen zeigen, dass eine gute Durchblutung der großen Gefäße alleine nicht ausreicht. Denn nur wenn das Blut auch bis in die kleinste Zelle unseres Körpers vordringen kann, ist eine optimale Versorgung unserer Organe mit Nährstoffen und Sauerstoff möglich. Diese Blutversorgung wird medizinisch als Mikrozirkulation bezeichnet. Ist diese Mikrozirkulation gestört, dann sterben immer mehr Zellen ab, bis das betroffene Organ schließlich versagt. So ein Nähr- und Sauerstoffmangel kann alle Organe betreffen.

Viele Ursachen

Viele Faktoren schädigen die Mikrozirkulation: eine ungesunde Ernährung, erhöhte Blutfettwerte, Bluthochdruck, aber auch Stress und besonders Rauchen. Durch eine verminderte Mikrodurchblutung wird die Leistung von Organen wie Herz, Nieren oder Gehirn zunehmend eingeschränkt. Hinzu kommt noch, dass bei Sauerstoffmangel verstärkt freie Radikale entstehen, die auf Dauer schwere Krankheiten wie z.B. Rheuma, Arteriosklerose oder sogar Krebs auslösen können.

Ginkgo für die Durchblutung

Neben einer gesunden Ernährung und viel Bewegung an der frischen Luft kann man seine Mikrozirkulation mit Ginkgo-Biloba-Präparaten fördern. Ginkgo macht nämlich die roten Blutkörperchen elastischer, so dass das Blut leichter durch die kleinsten Blutgefäße fließen kann. So werden die Zellen besser mit Sauerstoff und Nährstoffen versorgt. Außerdem wird das körpereigene Radikalenfänger-System gestärkt. Ginkgo-Präparate helfen so, die Organfunktionen zu verbessern und die Leistungsfähigkeit zu steigern. Gute Präparate erhalten Sie in Apotheken und Drogerien.

GINKGO BILOBA

Sauerstoff-Vital-Kur für die Zellen

Unsere Leistungsfähigkeit ist heute wichtiger denn je. Damit wir den wachsenden Anforderungen im Alltag gerecht werden können, muss jede einzelne Zelle ausreichend mit lebensnotwendigem Sauerstoff und mit wichtigen Vitalstoffen versorgt werden. Entscheidend hierfür ist die Mikrozirkulation, der Blutfluss in Milliarden kleinster Gefäße unseres Körpers. Denn Leistung beginnt bereits in der kleinsten Zelle.

Abnehmen - nur die Kalorien zählen

Die Weltgesundheitsorganisation schlägt Alarm: Sie sieht im Übergewicht das größte Gesundheitsproblem der Zivilisation, die Epidemie des 21. Jahrhunderts. 30 Prozent der Erwachsenen sind bereits übergewichtig, bei den Kindern liegt der Prozentsatz sogar noch höher. Viele Übergewichtige kämpfen seit Jahren einen fast aussichtslosen Kampf gegen ihre Kilos. Unzählige Abspeckversuche mit Diäten, Schlankheitspillen und Medikamenten bringen jedoch meist nicht den erwünschten Erfolg.

Todesursache Übergewicht

Die Deutschen essen zu viel, zu süß und vor allem zu fett. Fast 90 Prozent der Forschungsexperten aus Industrie und Wirtschaft sind sich einig: Übergewicht ist für sage und schreibe rund zwei Drittel aller Todesfälle mitverantwortlich. Natürlich wollen die meisten Dicken abnehmen, aber nur die wenigsten schaffen es. Klar ist: Mit radikalen Crash-Diäten oder Fastenkuren lässt sich kein dauerhafter Schlank-Erfolg erzielen. Im Gegenteil, denn oft zeigt die Waage nach einer Diät mehr Gewicht an als vorher. Was hilft also wirklich, Pfunde mit Erfolg auf Dauer abzuspecken?

Diäten helfen oft nicht

Von Atkins über Low Carb bis GLYX oder Low Fat - der Markt der Diäten floriert enorm und hinterlässt bei Übergewichtigen eine immer größere Verwirrung. Machen nun Fleisch und Fett dick? Oder sind Kohlenhydrate schuld an den so ungeliebten Fettpolstern? Viele Abnehmwillige stellen sogar fest, dass sie nach einer Diät mehr Pfunde zulegen, als sie zuvor abgenommen haben. Der berühmte Jo-Jo-Effekt schlägt dann zu. Doch wie nimmt man nun erfolgreich ab? Die Antwort ist einfach: Abnehmen kann nur, wer dem Körper durch Nahrung weniger Energie zuführt, als dieser verbraucht.

Kalorien sind der Maßstab

Grundsätzlich gibt es zwei Ansätze, Körpergewicht zu reduzieren: Entweder man nimmt weniger Kalorien mit der Nahrung auf, als man tatsächlich verbraucht. Oder man steigert den Energieverbrauch durch körperliche Betätigung, so dass der Körper mehr Kalorien verbrennt. Am besten ist natürlich eine Kombination aus beiden Ansätzen: weniger Kalorien aufnehmen und mehr Kalorien verbrennen. So nimmt man garantiert ab.

Die Formel zum Abnehmen

Abnehmen wollen so viele Menschen, doch die meisten scheitern an einer der vielen oft zu einseitigen oder strengen Diäten. Nicht jeder Mensch is(s)t gleich, jeder hat seine persönlichen Vorlieben beim Essen. Die einen mögen es gerne deftig, andere lieber süß. Für alle gibt es aber nur einen einzigen Weg wirklich richtig abzunehmen: die Kalorienreduktion.

Kalorienzufuhr reduzieren

Es ist eigentlich sehr einfach: Sie nehmen ab, wenn Ihr Energie-Verbrauch höher ist als Ihre Energie-Zufuhr. Um zum Beispiel ein Pfund zu verlieren, müssen Sie 3.500 kcal weniger zu sich nehmen, als Sie tatsächlich verbrauchen. Die Kalorien-Differenz deckt Ihr Körper, indem er die entsprechende Menge aus Ihrem Depotfett abbaut. Und genau dieses Fett wollen Sie ja schließlich reduzieren.

Die Kalorien-Formel

Wenn Sie also täglich etwa 2.000 kcal verbrennen, aber nur 1.500 kcal über die Nahrung zuführen, dann sparen Sie täglich 500 kcal ein. Pro Woche sind dies dann 3.500 kcal, die Sie sparen. Diese Kalorienmenge entspricht einem Pfund Körpergewicht, das Sie abbauen. Und in einem Jahr, in gut 52 Wochen, bauen Sie so schließlich über 52 Pfund ab.

Viel essen

Aber machen denn weniger Kalorien auch ausreichend satt? Klare Antwort: ja, wenn Sie das Richtige essen. Und zwar nach dem Motto: viel im Bauch, aber nur wenige Kalorien. Es gibt viele voluminöse Lebensmittel, die nur wenige Kalorien liefern, aber trotzdem satt machen. Setzen Sie einfach verstärkt solche Lebensmittel auf Ihren Speisenplan. So sparen Sie viele Kalorien.

Die besten Sattmacher

Lebensmittel
- Frisches Obst und Gemüse der Saison
- Knackige Salate aller Art
- reine Vollkornprodukte

Getränke
- Mineralwasser mit Kohlensäure
- ungesüßter Kräutertee

Ballaststoffe
- Weizenkleie
- Leinsamen
- Flohsamen

Bitterstoffe sind Schlank-Pusher

Natürliche Bitterstoffe senken die Cholesterinwerte und lassen die Pfunde purzeln. Ganz einfach! Doch heutzutage mögen wir nur noch Süßes, Salziges oder Saures essen oder trinken. Mit den Bitterstoffen haben wir eine der vier Hauptgeschmacksrichtungen ganz und gar aus unserer Ernährung verbannt. Und das mit fatalen Folgen: Wir werden zusehends dicker, leiden immer öfter an Verdauungsstörungen, Erschöpfung oder an typischen Immunstörungen. Dabei müssten wir einfach nur mehr Nahrungsmittel mit einem hohen Gehalt an Bitterstoffen verzehren. Basta!

Bitter macht satt

Früher war alles ganz anders: Bitterstoffe wurden einfach mit Salaten, Gemüsen, Wurzeln und Kräutern verzehrt. Unsere Vorfahren waren dadurch viel schneller satt und nahmen so automatisch kleinere Portionen zu sich. Bitterstoffe regen nämlich die Bildung von Verdauungssäften an, wodurch der Sättigungsreiz schneller eintritt. Außerdem sorgt der bittere Geschmack für eine Verringerung der Esslust, während z.B. Süßes dagegen Lust auf immer mehr macht.

Natürliche Schlankmacher

Eine weitere wichtige Aufgabe der Bitterstoffe: Sie leiten das Nahrungsfett direkt zur Fettverbrennung, und nicht zur Einlagerung an Hüfte, Bauch und Po. Daüber hinaus regen Bitterstoffe die Basenbildung im Körper an und sorgen somit für eine Entsäuerung. Dies sorgt für eine natürliche Entschlackung, was letztlich wieder der Figur zugute kommt. Wer mit Bitterstoffen abnehmen möchte, der sollte einfach öfter mal bittere Nahrungsmittel auf seinen Speisenplan setzen: zum Beispiel Artischocken, Ingwer, Chicorée, Endivien, Eisbergsalat, Rucola, Löwenzahn, Schwarzwurzeln oder Grapefruit.

Bittere Tropfen

Wer es ganz einfach möchte: In Apotheken und Drogerien erhält man sogenannte Amara. Das sind pflanzliche Bittertropfen, die hochkonzentrierte Kräuterauszüge enthalten. Diese Tropfen werden normalerweise als Magentropfen eingesetzt, wirken aber auch als Schlank-Pusher, wenn man sie nach Gebrauchsanweisung vor dem Essen in einem Glas Wasser einnimmt. Ausprobieren lohnt sich!

AMARA

Bitterstoffe machen schlank und schön

Heutzutage mögen wir nur noch Süßes, Salziges oder Saures. Bitteres haben wir aus unserer Ernährung verbannt. Mit fatalen Folgen: Wir werden immer dicker und träger. Doch gerade Bitterstoffe regen die Bildung von Verdauungssäften an und fördern damit die Fettverbrennung. Darüber hinaus sorgen Bitterstoffe für eine natürliche Entschlackung, was letztlich Figur und Haut zugute kommt.

Das Immunsystem - unsere Abwehrpolizei

Ohne unser Immunsystem können wir nicht überleben. Ständig wird unser Körper von Eindringlingen wie Bakterien und Viren angegriffen oder von einer wachsenden Menge an Umweltgiften attackiert. Zudem belasten Stress, eine falsche Ernährung, Bewegungsmangel oder die unbedachte Einnahme von Medikamenten wie Antibiotika unser Immunsystem. Gut zu wissen, dass wir diesen negativen Zustand durchaus umkehren können, indem wir mit geeigneten Maßnahmen unser Immunsystem stärken.

Das Gesundheitsnetzwerk

Das Immunsystem kooperiert mit jedem anderen System in unserem Körper. Es besteht aus einem Netzwerk, das aus Thymusdrüse, Milz, Knochenmark, Polypen, Mandeln und dem lymphatischen System besteht. Seine Abwehraufgaben hängen von spezialisierten Zellen, den Lymphozyten, sowie von Proteinmolekülen im Blut, den sogenannten Antikörpern, ab. Wenn die Abwehr reibungslos abläuft, dann erfreuen wir uns bester Gesundheit. Eine Störung des Abwehrsystems führt jedoch zwangsläufig zu einer Erkrankung. Wenn unser Immunsystem längerfristig gestört ist, dann kommt es zu häufigen Infektionen, aber auch Allergien, typische Autoimmunkrankheiten wie Rheuma oder sogar Krebs können sich entwickeln.

Zellen unter Beschuss

Die spezialisierten Zellen unseres Immunsystems arbeiten ähnlich wie ein Such- und Zerstörungskommando. Sie spüren zunächst schädliche Eindringlinge wie Bakterien, Viren, Pilze oder Parasiten auf, um sie anschließend wirksam zu neutralisieren. Eine besondere Gefahr stellen die freien Radikale dar. Das sind angriffslustige Moleküle, die eine geregelte Zellaktivität im Körper stören. Freie Radikale entstehen tagtäglich ganz normal beim Atmungsstoffwechsel. Und jede Körperzelle wird täglich von rund 10.000 Radikalen attackiert. Je besser nun das Immunsystem arbeitet, desto besser können schädigende Auswirkungen abgewehrt werden. Schädliche Einflüsse wie UV-Strahlung, Rauchen oder Alkohol schwächen jedoch die Immunkräfte und beschleunigen die Ausbreitung der Radikale. Am Ende stehen oft Krankheiten wie Diabetes, Herzinfarkt oder Krebs.

Keine Chance den Radikalen

Heute weiß man, dass freie Radikale der Immunfeind Nr. 1 sind. Rund 70 Prozent aller Krankheiten gehen auf das Konto dieser aggressiven Moleküle. Auch der Alterungsprozess hängt entscheidend von unserem Immunstatus ab. Als absoluter Altersbeschleuniger zählt das Rauchen. Schon bei einem einzigen Zug an einer Zigarette entstehen rund 100 Billionen freie Radikale. Die Folgen können wir unserer Haut regelrecht ansehen. Straffende Hautfasern werden zerstört, das Bindegewebe erschlafft, Falten und Runzeln entstehen. So sehen Raucher um 40 rund fünf bis acht Jahre älter aus als Nichtraucher.

Wirksame Gegenmittel

Wie gut, dass es wirksame Mittel gibt, die dabei helfen, die freien Radikale zu entschärfen. Wissenschaftler der Uni Boston fanden nämlich wirksame Radikalenfänger in besonderen Lebensmitteln. Der Gehalt an Radikalenfängern in diesen Lebensmitteln wird mit der Maßeinheit ORAC (Oxygen Radical Absorbance Capacity) angegeben. Sogenannte ORAC-Lebensmittel sind die effektivste Waffe gegen freie Radikale.

ORAC gegen Radikale

Wer täglich 3.000-5.000 ORAC-Einheiten mit seiner Nahrung aufnimmt, der schützt sich optimal vor den schädlichen Auswirkungen der freien Radikale und beugt somit effektiv möglichen Erkrankungen vor. Nachfolgend finden Sie die TOP 20 der ORAC-Lebensmittel.

TOP 20 ORAC

Nahrungsmittel - ORAC je 100 g

1	Trockenpflaumen	5.770
2	Granatapfel	3.307
3	Rosinen	2.830
4	Heidelbeeren	2.400
5	Brombeeren	2.036
6	Knoblauch	1.939
7	Grünkohl	1.770
8	Erdbeeren	1.540
9	Spinat	1.260
10	Himbeeren	1.220
11	Rosenkohl	980
12	Pflaumen, frisch	949
13	Alfalfa-Sprossen	930
14	Brokkoli	890
15	Rote Bete	840
16	Avocado	782
17	Orangen	750
18	Weintrauben, blau	739
19	Paprika, rot	731
20	Kirschen	670

Meerrettich - die natürliche Infektabwehr

Virale und bakterielle Infektionen sind die häufigsten Ursachen für Erkrankungen des Menschen. Während im Bereich der Viren nur wenige Erreger gezielt behandelt werden können, ist bei den meisten Bakterien eine erfolgreiche antibiotische Therapie möglich. Seit der Entdeckung des Penicillins stehen in der Medizin immer mehr chemische Wirkstoffe zur Verfügung. Allerdings führt eine falsche oder unbedachte Anwendung von Antiobiotika zu sogenannten Resistenzen, die die betroffenen Präparate unwirksam machen. Es ist deshalb sogar zu befürchten, dass es eines Tages keine wirksamen Antibiotika mehr geben wird.

Erhöhte Infektanfälligkeit

Die Anfälligkeit für Infekte hat in den letzten Jahrzehnten stark zugenommen. Eine Ursache dafür ist, dass der Mensch zunehmend schädlichen Einflüssen ausgesetzt ist. Aber auch der Lebensstil und die Ernährung spielen eine Rolle. Die erhöhte Infektanfälligkeit macht es den Erregern leicht: Viren und Bakterien, aber auch Pilze und Hefen überfordern das Immunsystem und können so ihr Unheil anrichten.

Meerrettich hilft

Meerrettich ist eines der stärksten Anti-Infekt-Mittel der Wahl. Die scharfen Öle des Meerrettich wirken stark antibakteriell auf grampositive und gramnegative Keime. Interessant ist die antivirale Wirkung z.B. bei Influenzaviren. Zudem wirkt Meerrettich antimykotisch, also gegen verschiedene Pilzinfektionen. In vielen Untersuchungen wurde eine entgiftende Wirkung bei Infektionen nachgewiesen. Aufgrund des großen Wirkungsspektrums wirkt Meerrettich bei Infektionen der oberen und unteren Luftwege, im Bereich der Harnorgane sowie bei typischen grippalen Infekten. Außerdem wurde eine immunstimulierende Wirkung festgestellt.

Pur oder als Tablette

Meerrettich kann man pur als Tafelmeerrettich aus dem Glas verwenden. Bei akuten Beschwerden nimmt man bis zu 5 x täglich 1 TL mit etwas Flüssigkeit. Zur Vorbeugung von Infekten reicht ein Teelöffel pro Tag. Wer Meerrettich pur nicht mag, der kann auf Tabletten aus der Apotheke zurückgreifen. Wer allerdings nicht innerhalb eines Tages Besserung verspürt, der sollte sofort zum Arzt gehen.

ARMORACIA
Pflanzlicher Keimkiller mit Zukunft
Bereits in der alten Klostermedizin wurde Meerrettich zur Vorbeugung und Behandlung von Infektionen eingesetzt. Heute ist durch zahlreiche Studien nachgewiesen, dass die Benzyl- und Allylsenföle im Meerrettich antivirale, antibakterielle und antimykotische Eigenschaften haben. In der modernen Naturheilkunde werden Meerrettich-Extrakte erfolgreich bei infektiösen Erkrankungen eingesetzt.

Beauty - älter werden und jung bleiben

Älter werden und trotzdem gesund und jung bleiben. Wer wünscht sich das nicht? Dabei ist das sicher keine Illusion, wenn man sich an ein paar einfache Regeln hält. Eine gesunde Ernährung, ausreichend Bewegung, eine dem Hauttyp angepasste Pflege und natürlich der viel zitierte Schönheitsschlaf: diese Anti-Aging-Regeln kennen wir doch alle. Aber dennoch haben wir alle unsere kleinen Schönheitsprobleme, die uns mehr oder weniger stören.

Das macht uns alt

Die Ernährung spielt eine wichtige Schlüsselrolle beim Altern. Wer sich falsch ernährt und zuviele süße oder fettige Lebensmittel verzehrt, der sieht schnell alt aus. Denn minderwertige Kohlenhydrate und Zucker sind absolute Altersbeschleuniger, weil sie die Insulinproduktion stark erhöhen. Zuckermoleküle im Blut führen zu Mikroentzündungen im Gewebe aller Organe, auch in den Hautzellen. Sie verbinden sich mit den kollagenen Fasern der Haut, versteifen sie und lassen so Falten entstehen. Deshalb ist eine ausgewogene Ernährung mit vielen ORAC-Lebensmitteln das beste Anti-Aging-Mittel überhaupt.

Altmacher ausschalten

Wer rastet, der rostet. Diesen Spruch kennen wir alle. Und es stimmt tatsächlich. Wer weniger als 90 Minuten Sport pro Woche treibt, der altert schneller. Nicht nur die Muskeln werden trainiert und der Körper sieht so knackiger aus, sondern Bewegung regt die Produktion von zwei Anti-Aging-Hormonen an: Somatropin repariert unsere Körperzellen und Testosteron sorgt für Energie und eine gesunde Libido. Wer 90 Minuten pro Woche sportelt, ob Laufen, Schwimmen, Walking oder ähnliches, der bremst seine biologische Alterung um mehr als 50 Prozent.

Schlaf und gute Pflege

Schlaf ist sehr wichtig für die Regeneration. Am besten in vollkommener Dunkelheit, weil dann mehr Schlafhormon Melatonin ausgeschüttet wird. So werden die Tiefschlafphasen intensiver, mehr neue Hautzellen werden gebildet. Wenn man seine Haut noch zusätzlich mit einer hauttypgerechten Pflege versorgt, dann erholt sich die Haut besonders gut. Für einen sichtbaren Effekt braucht man rund sieben Stunden Schlaf in absoluter Dunkelheit. Und eine gute Pflege.

Das Anti-Falten-Konzept

Wahre Schönheit kommt von innen. Aber wir können auch von außen etwas nachhelfen. Denn für jedes Schönheitsproblem gibt es ja zahlreiche Mittelchen, die allerdings oft mehr versprechen, als sie wirken. Dabei ist eine gezielte Schönheitspflege gar nicht so kompliziert, wenn man die Vorgänge in der Haut genau kennt. Ob Falten, Pigmentflecken, rote Äderchen oder das Erschlaffen der Haut: für jedes Problem gibt es wirksame Behandlungsmöglichkeiten, die man selbst vornehmen kann.

Schönheitsgeheimnisse

Haupt-Altersbeschleuniger sind und bleiben die Mikroentzündungen in den Hautzellen. Sie werden, wie schon beschrieben, durch Zuckermoleküle im Blut verursacht. Aber auch Rauchen und UV-Strahlung tragen enorm zur Hautalterung bei. Wer also möglichst lange jung aussehen möchte, der sollte viele ORACs essen, nicht rauchen und seine Haut vor UV-Licht schützen. Ganz einfach, indem man eine Tagescreme mit hohem Lichtschutz verwendet. Ich selbst verwende eine Baby-Sonnencreme für das Gesicht. Jeden Tag!

Wundschutz gegen Falten

Gegen diese Mikroentzündungen der Hautzellen kann man auch von außen etwas tun. In der Wundheilforschung hat man nämlich festgestellt, dass durch entsprechende Wirkstoffe nicht nur die Wundheilung, sondern auch die Hautalterung wirksam behandelt werden kann. Die Hautalterung ist nämlich nichts anderes als eine fortlaufende Schädigung der Gewebestruktur der Haut. Wie bei einer Wunde können hier spezielle Wirkstoffe hilfreich in den Heilprozess eingreifen und so eine Regeneration beschleunigen. Die besten Anti-Falten-Cremes enthalten deshalb typische Wirkstoffe aus der Wundheilforschung. Probieren Sie einfach mal eine Baby-Wundschutz-Creme als Nachtcreme. Damit wäre Ihre Anti-Falten-Pflege perfekt.

Die besten Wirkstoffe in der Wundheilung:

- Allantoin
- Bisabolol
- Calendula
- Hyaluronsäure
- Panthenol
- Tigergras
- Zinkoxid

Vitamine gegen die Hautalterung

Cleopatra war ja bekanntlich eine wunderschöne Frau. Ihre ganz persönlichen Schönheitsgeheimnisse sind heute längst gelüftet. So hat die Schöne gerne in Eselsmilch gebadet, um ihre Haut zart und geschmeidig zu pflegen. Überhaupt waren die alten Ägypter besonders eitel. Immerhin haben sie mehr oder weniger unbewusst eines der besten Anti-Falten-Mittel aller Zeiten erfunden: das Mumienöl.

Das Wunder gegen Altern

Mit diesem Mumienöl wurden im alten Ägpten die Verstorbenen einbalsamiert und anschließend mumifiziert. Dass selbst nach tausenden von Jahren diese Mumien noch sehr gut erhalten blieben, ist diesem kostbaren Öl zu verdanken. Es hat die äußere Hülle, die Haut der Verstorbenen wirksam konserviert und somit vor dem Zerfall geschützt. Durch das Mumienöl sind die Mumien bis heute perfekt erhalten geblieben. Und genau die Hauptinhaltstoffe aus diesem Wunderöl sind heute die besten Anti-Falten-Wirkstoffe überhaupt. Die Vitamine A, C und E in einer natürlichen Ölgrundlage aromatisiert mit betörendem Weihrauchöl sind die Basis für echtes Mumienöl.

Länger jung aussehen

Was die Mumien perfekt konserviert hat, das schützt auch ideal vor Hautalterungserscheinungen wie Falten, Altersflecken oder Hauterschlaffung. Das Vitamin A regt die Zellbildung an. Während die Haut sich in jungen Jahren etwa alle 28 Tage erneuert, kann das im Alter bis zu 50 Tage dauern. Vitamin A verkürzt diesen Prozess wirksam. Vitamin E gilt als klassischer Radikalenfänger und schützt die Haut vor negativen Einflüssen. Vitamin C regt die Kollagenbildung an und sorgt somit für straffere Haut. Und das Weihrauchöl wirkt ähnlich wie Botox entspannend auf angespannte Muskeln und mildert so typische Mimikfältchen.

Rezept Mumienöl

- **100 ml Antiranz**
  (Vitamin C+E+Lecithin in Öl)
- **10 ml Retinolpalmitat**
  (Vitamin A-Öl)
- **20 Tr. Weihrauchöl**
  (etherisches Olibanumöl)

Alles vermischen und in eine dunkle Apothekenflasche füllen. Dieses Öl eignet sich hervorragend zur Massage der Haut und als Nachtpflege. Die Zutaten bekommen Sie in Apotheken und in speziellen Drogerien, die Kosmetik-Zutaten führen.

MUMIENÖL
Das Anti-Falten-Wunder der alten Ägypter
Schon im alten Ägypten wurden die Verstorbenen mit einem speziellen Öl einbalsamiert. Diese geheimnisvolle Öl-Mixtur sorgte schließlich dafür, dass die Mumien über tausende Jahre gut erhalten blieben. Was liegt also näher, als diese Geheimrezeptur für die Kosmetik zu verwenden? Kostbare Öle, wertvolle Aromastoffe und Vitamine machen Mumienöl zum perfekten Pflegemittel gegen die Hautalterung.

Glatte Haut und volle Lippen

Falten und schlaffe Haut einfach wegsaugen? Das funktioniert tatsächlich mit der klassischen Schröpfmassage. Die Schröpfmassage wird in der naturheilkundlichen Praxis zum Ausleiten von Giftstoffen und zur Entspannung von Muskeln genutzt. In der kosmetischen Praxis wird der Einsatz noch erweitert, und zwar zur gezielten Bearbeitung des Fettgewebes und auch zur Anregung der Entschlackung. Zudem aktiviert die Massage den Stoffwechsel in den Fibroblasten, den Bindegewebszellen, die dann mit Hilfe von Enzymen vermehrt Collagen und Elastin produzieren. Beides sind Stoffe, die für die Spannkraft und Elastizität der Haut verantwortlich sind.

Was Sie benötigen

Sie benötigen Schröpfgläser mit Pumpball. Diese gibt es in verschiedenen Größen: 3 cm Durchmesser für das Gesicht, für die Oberschenkel 5 oder 7 cm. Für die Lippen rate ich zu einem handelsüblichen Porensauger mit Akkubetrieb (s. Abb. rechts). Schröpfgläser und Porensauger kosten je nur ca. 10-15 Euro. Erhältlich sind sie in Apotheken oder in Medizin-Shops im Internet.

Die Behandlung

Zunächst wird reichlich Öl, am besten Mumienöl, auf die gereinigte Haut aufgetragen, das die Gleitfähigkeit der Schröpfgläser ermöglicht. Danach werden die Schröpfgläser unter Herausdrücken der Luft auf die Haut gesetzt, wo diese sich dann ansaugen. In dem Schröpfglas bildet sich ein Unterdruck, der bis in tiefe Hautschichten reicht. Dann fasst man das Glas und gleitet damit über die zu behandelnden Flächen. In streichenden, kreisenden Bewegungen wird das Glas massierend über das Gesicht bewegt, ähnlich wie bei einer Gesichtsmassage mit Ihrer Creme. Jede Bewegung sollten Sie mehrfach ausführen, am besten vor dem Spiegel, bis der Bereich sichtbar gerötet und gut durchblutet ist. Im Augenbereich sollten Sie jedoch möglichst wenig Druck anwenden. Eine Vakumassage eignet sich nicht nur für das Gesicht, sondern auch zur Cellulitebehandlung. Einen tollen Push-Effekt erreichen Sie bei den Lippen. Die Haut wird durch die bessere Durchblutung optimal mit Nährstoffen versorgt. Dadurch wird sie sichtbar glatter und straffer. Erfolge sind nach etwa zwei Wochen sichtbar.

VAKU-MASSAGE

Effektives Lifting ohne Skalpell

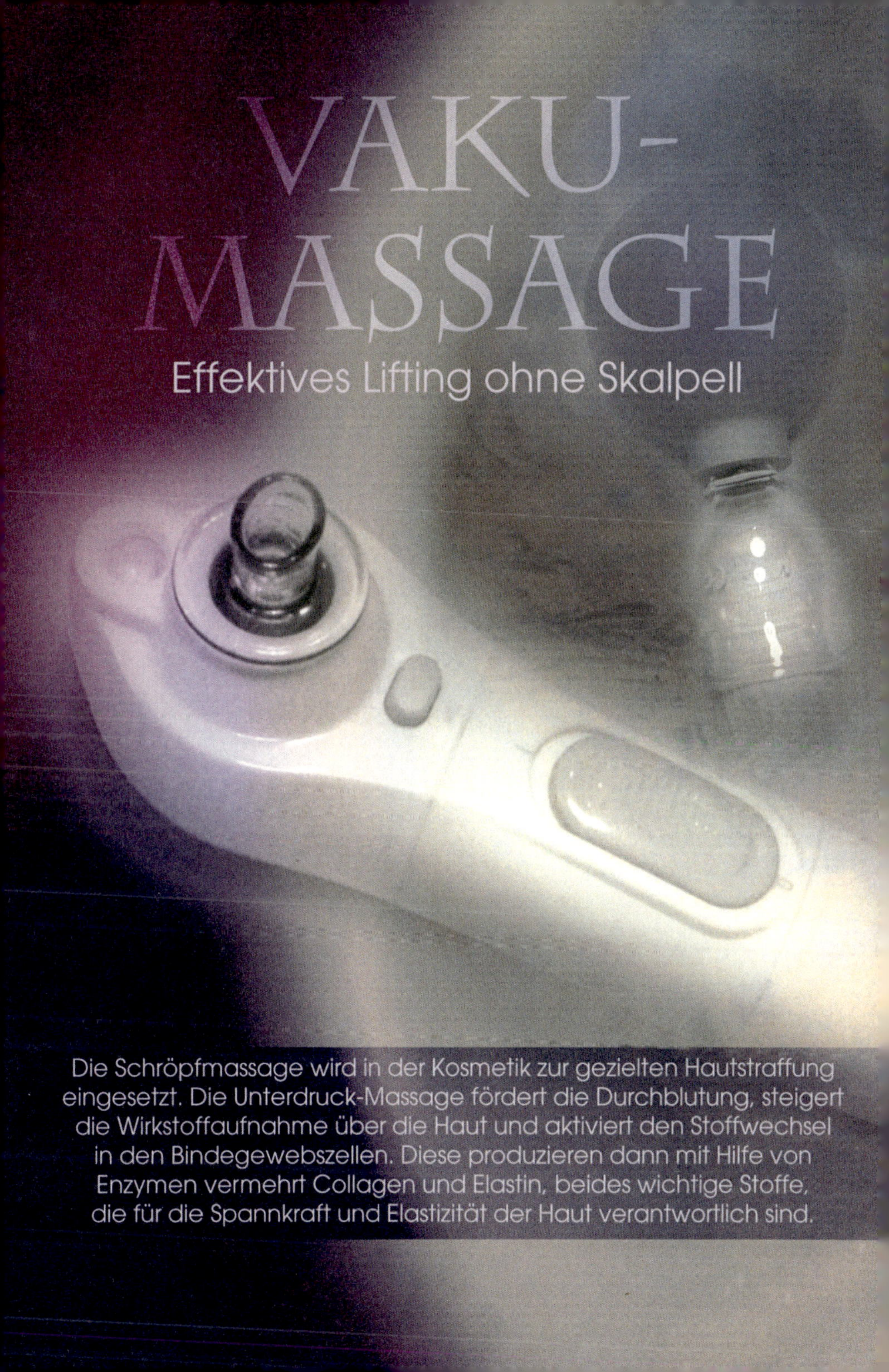

Die Schröpfmassage wird in der Kosmetik zur gezielten Hautstraffung eingesetzt. Die Unterdruck-Massage fördert die Durchblutung, steigert die Wirkstoffaufnahme über die Haut und aktiviert den Stoffwechsel in den Bindegewebszellen. Diese produzieren dann mit Hilfe von Enzymen vermehrt Collagen und Elastin, beides wichtige Stoffe, die für die Spannkraft und Elastizität der Haut verantwortlich sind.

Wirksames Rezept gegen Altersflecken

Kleine Lachfältchen sind ja noch schön. Aber dann werden Falten daraus, und noch viele weitere Zeichen des Alters werden mit den Jahren sichtbar: Die Haut verliert zunehmend an Elastizität, die Poren werden gröber, und wenn man in jungen Jahren die Sonne zu sehr genossen hat, dann zeigen sich ab etwa 40 feine bräunliche Sprenkel auf der Haut. Später werden ungeliebte Altersflecken daraus. Nicht nur im Gesicht, sondern auch an den Händen und am Dekolleté machen sich diese typischen Pigmentveränderungen breit, die das wahre Alter einer Person verraten.

Ein Kraut gegen Flecken

In erster Linie kann man solchen Pigmentflecken wirksam vorbeugen, indem man seine Haut täglich mit einem hohen Lichtschutzfaktor vor der schädlichen UV-Strahlung schützt. Und das wirklich jeden Tag, sowohl im Sommer als auch im Winter. Aber wenn die Flecken nun einmal da sind, dann muss man dennoch nicht verzweifeln. Denn gegen solche Pigmentstörungen ist ein hilfreiches Kraut gewachsen: die Bärentraube, lateinisch Uva Ursi. Die Bärentraube enthält einen Wirkstoff, das Arbutin, das in die Melaninbildung eingreift. Da sich mit zunehmendem Alter die Zellerneuerung verlangsamt, verlängert sich auch der Prozess der Melaninbildung, mit der Folge, dass einzelne Zellen mit übermäßig viel Pigment angereichtert werden. So entstehen die ungeliebten Pigmentflecken.

So wirkt Arbutin

Der Wirkstoff Arbutin in der Bärentraube reduziert, äußerlich angewandt, die Produktion von Melanin. Außerdem werden die vorhandenen Pigmente in der Haut gleichmäßiger verteilt. So verblassen die Flecken allmählich und die Haut sieht wieder jugendlicher aus.

Rezept für Bleichtinktur

- **5 ml Bärentrauben-Fluid**
- **100 ml Gesichtswasser**

Den Bärentrauben-Fluid-Extrakt in das Gesichtswasser geben und gut verschütteln. Mit einem Wattebausch wie normales Gesichtswasser verwenden, am besten 2 x täglich.
Bärentrauben-Fluid-Extrakt bekommen Sie in der Apotheke. Eigentlich werden diese Tropfen innerlich bei Harnwegsinfektionen angewendet, aber sie wirken äußerlich auch sehr gut bei Altersflecken.

UVA URSI

Die Lösung gegen Pigmentflecken

Gegen Alters- und Pigmentflecken ist ein Kraut gewachsen: Arctostaphylos uva-ursi, die Bärentraube. Hauptinhaltsstoff dieser Pflanze ist das Arbutin, das eigentlich innerlich zur Harndesinfektion verwendet wird. Äußerlich angewendet wirkt Arbutin auf die Pigmentierung der Haut ein, indem es die Melaninbildung hemmt. Bei regelmäßiger Anwendung werden dunkle Hautflecken zuverlässig aufgehellt.

Knackige Figur und volles Haar

Schwarzer Kaffee soll ja bekanntlich schön machen. Immerhin entscheiden sich rund 90% der Bundesbürger täglich für ihren Kaffee: zum Frühstück, im Büro oder beim Kaffeeklatsch. Kaffee ist hierzulande sogar - noch vor Bier - das Volksgetränk Nummer eins. Kaffee ist als ausgesprochener Muntermacher beliebt. Er vertreibt bei den meisten Menschen Abgespanntheit, Müdigkeit und Konzentrationsschwäche. Ob allerdings Kaffeetrinker schöner sind als andere Menschen, das ist bisher nirgends belegt. Aber der Hauptwirkstoff im Kaffee, das Coffein, wird inzwischen in zahlreichen Schönheitsprodukten eingesetzt.

Spezial-Kosmetik

Coffein ist ein anregend wirkender Bestandteil von Genussmitteln wie Kaffee, Tee, Cola, Mate, Guarana und Schokolade. Es ist eines der ältesten, wirksamsten und am besten verträglichen Aufputschmittel. Die Substanz wirkt jedoch nicht nur innerlich als Stimulans, sondern kommt u.a. auch in Spezial-Kosmetika zum Einsatz. Hier spielt Coffein bei Cellulite und Haarausfall eine große Rolle.

Cellulite und Haarausfall

Zwei von drei Frauen leiden unter Orangenhaut. In Anti-Cellulite-Produkten wird Coffein zur Hautstimulierung eingesetzt. Es wird von der Haut aufgenommen und fördert über eine Gefäßerweiterung die Durchblutung. Regelmäßig in die Problemzonen einmassiert kann Coffein so helfen, Fettablagerungen entgegen zu wirken. Bereits nach mehrwöchiger Anwendung kann man eine Verbesserung des Erscheinungsbildes der Haut feststellen. Verstärkt wird der Effekt natürlich durch entsprechende sportliche Betätigungen. In Schampoos und Tinkturen für die Kopfhaut wirkt Coffein stimulierend auf die Haarwurzeln, so dass Haarausfall spürbar vermindert wird.

Rezept Kaffee-Peeling

- **3 EL Kaffeemehl**
- **6 EL Duschgel**

Die Zutaten in einem Schälchen miteinander gut vermischen. In der Dusche mit dieser Peeling-Paste die Problemzonen gut einmassieren und kurz einwirken lassen. Das Peeling mindestens 1 x wöchentlich anwenden. Nehmen Sie am besten ein Duschgel, das zum Kaffee-Aroma gut passt: z.B. mit Vanilleduft.

COFFEA

Top-Hilfe gegen Cellulite und Haarausfall

Eine Tasse Kaffee wirkt Dank Coffein angenehm anregend. Coffein kann aber noch mehr: Äußerlich stimuliert es den Hautstoffwechsel und fördert die Durchblutung. Coffeinhaltige Cremes regen den Fettabbau an und straffen die Haut. In der Haarpflege stärkt Coffein geschwächte Haarwurzeln und beugt erblich bedingtem Haarausfall vor. Damit ist Coffein ein wirksames Mittel gegen Cellulite und Haarausfall.

Intelligente Kleidung der Zukunft

Die Bekleidungsindustrie erlebt gerade eine technologische Revolution: Mit Hilfe neuartiger Fasern und Wirkstoffe entstehen Funktionstextilien, die eine kosmetische oder medizinische Wirkung haben. Bisher bietet unsere Kleidung Schutz vor Regen, Kälte, Schnee und natürlich vor allzu neugierigen Blicken. In Zukunft soll sie jedoch noch viel mehr leisten. Neben der kosmetischen und medizinisch-therapeutischen Wirkung wird noch ein Computer als ständiger, intelligenter Begleiter mit in die Kleidung eingewebt, der die Lebensfunktionen der Träger kontrollieren soll. Und schon sind wir beim LifeDress, dem genialen Cyberoutfit, das ich selbst schon in der fernen Zukunft tragen durfte.

High-Tech auf der Haut

Ganz so weit sind wir heute noch nicht. Allerdings gibt es schon eine Reihe verschiedener funktioneller Textilien, die eine ganz besondere Aufgabe haben. In gut sortierten Fachgeschäften erhält man bereits solche Kleidungsstücke. Hemden, Anzüge und Wäsche sind mit dem Wirkstoff Cyclodextrin ausgerüstet, der Gerüche einschließt. Aloe Vera wirkt pflegend in Strumpfhosen. Oberkleidung erhält eine sogenannte Nanobeschichtung, um Schmutz abzuweisen. Feinste Silberfäden, die im Stoff eingewebt sind, wirken antimikrobiell und schützen so z.B. in Strümpfen vor Hautpilzen.

Eigene Kreationen

Funktionelle Textilien können Sie auch selbst herstellen. Das beste Beispiel ist meine schon berühmte Schlank-Pusher-Hose. Legen Sie einfach eine Stretch-Leggings in eine Meersalz-Wasser-Lösung aus 1 EL Meersalz auf 1 Liter Wasser. Wringen Sie diese Salzhose aus und ziehen Sie diese feucht an. Das Salz fördert die Durchblutung und entzieht dem Gewebe überflüssiges Bindegewebswasser. Tragen Sie diese Salzhose nun so lange, bis sie getrocknet ist. Auf diese Weise kann das Meersalz besonders intensiv wirken. Das entschlackt und strafft die Haut enorm, die Beine wirken schlanker. Sie können die Hose auch in starken Kaffee tunken, um von der Coffein-Wirkung zu profitieren. Werden Sie ganz einfach selbst kreativ und entwickeln Sie mit anderen Wirkstoffen Ihre eigene LifeDress-Kollektion.

LIFEDRESS
Funktionelle Textilien mit besonderer Wirkung
Schon heute gibt es Textilien mit besonderen Wirkstoffen, die antibakteriell oder hautpflegend wirken. In Zukunft wird funktionelle Kleidung durch eingebaute Sensoren sogar unsere Gesundheit überwachen und schützen. Spezielle Fasern und Substanzen wirken über die Haut individuell auf den Körper ein. Cellulite, Bindegewebserschlaffung oder Hautprobleme werden mit einem LifeDress erfolgreich behandelt.

Wellness - glücklicher ohne Stress

Er ist der größte Feind unserer Gesundheit: Stress - das Volksleiden Nr. 1. Stress gehört zum Leben und ist eigentlich eine sinnvolle Sache. Schon unsere Urahnen haben unter Stress genau so reagiert wie wir heute, wenn sie von einem Säbelzahntiger bedroht wurden. Stress war in diesem Falle eine Lebenssicherung: Denn bei Gefahr schaltet sich ein Angriffs- bzw. Fluchtmechanismus ein, der besonders leistungsfähig macht. Die Sinne werden geschärft, man ist kreativer, kann schneller denken und handeln. Der Körper läuft auf Hochtouren und ist der Gefahr besser gewachsen. Nur dass heute der Säbelzahntiger z.B. eher der Chef ist - und vor dem kann man nicht so einfach die Flucht ergreifen.

Druck baut sich auf

Wenn der Körper unter Stress auf Hochtouren läuft, dann werden eine Menge Botenstoffe wie Adrenalin, Noradrenalin und Cortisol ausgeschüttet. Wenn nun diese Stoffe nicht durch eine entsprechende Reaktion wieder abgebaut werden, dann baut sich ein regelrechter Druck auf. Vor allem das Stresshormon Cortisol kann in diesem Falle reichlich Unheil anrichten. Es verringert die Wirkung von Insulin mit der Folge, dass die Bauchspeicheldrüse mit letzter Kraft mehr Insulin bildet, bis sie erschöpft ist. Das Diabetes-Risiko steigt. Im Gehirn hemmt Cortisol die Gedächtniszellen, was spürbar zu einer Leistungsminderung führt. Außerdem wird das Immunsystem geschwächt, wodurch Erreger den Körper schachmatt setzen können. Oder eben sprichwörtlich auf den Magen schlagen.

Dauerstress macht krank

Wenn der Stress auslösende Konflikt möglichst rasch behoben wird, dann fällt uns regelrecht ein Stein vom Herzen. Die Hormonwerte regulieren sich wieder. Der Körper ist wieder unter Kontrolle. Tauchen jedoch Probleme auf, die keine schnelle Lösung zulassen, dann treten auf Dauer gesundheitliche Schäden auf. Aber nicht nur der Körper leidet, sondern auch die Seele. Fühlen, Denken und Handeln werden verändert. Aus Vertrauen wird Misstrauen, aus Zuversicht wird Angst und aus Toleranz wird Aggression. Wenn dann die Probleme nicht bald behoben werden, dann steht am Ende gar eine echte Depression.

Stress wirksam ausgleichen

Stress muss nicht unbedingt krank machen. Wer die Balance zwischen Forderung und Überforderung findet, der schützt damit seine Gesundheit in besonderem Maße. In diesem Falle ist Stress sogar nützlich, weil er wie ein gewisses Training wirkt. Man unterscheidet so auch zwei Arten von Stress: Eustress, den positiven und Distress, den negativen Stress. Entscheidend für eine positive oder negative Auswirkung von Stress ist die persönliche Tagesform, das Ausmaß und die Dauer der Problemsituation. Während Distress bei den meisten Menschen anfangs Bauchschmerzen, Kopfweh und Schlafstörungen verursacht, treibt Eustress kurzfristig zu wahren Höchstleistungen an.

Erfolg unter Druck

Viele Menschen können erst unter Druck ihre Bestleistung erbringen. Ob in der Schule oder im Beruf, wer in seiner Freizeit für den nötigen Ausgleich sorgt, der braucht sich um seine Gesundheit keine Sorgen zu machen. Ernst wird es erst, wenn der Stress als belastend oder gar bedrohend empfunden wird. Dann wird es höchste Zeit, wirksame Gegenmaßnahmen einzuleiten.

Stress ausgleichen

Stress kann man nicht einfach abschalten, aber wirksam ausgleichen. Versuchen Sie einfach, Ihren Alltag mit entsprechenden Maßnahmen zu harmonisieren. War der Tag stessig und hektisch, dann benötigen Sie einen ruhigen, passiven Ausgleich. War der Tag hingegen öde oder gar langweilig, dann hilft wohl eher ein kleines Aktivprogramm.

Ausgleichsmöglichkeiten

Aktiver Ausgleich

- Sport, Gymnastik & Co.
- Spazierengehen
- alle Hausarbeiten
- alle Gartenarbeiten
- Shopping
- Renovieren
- mit Freunden ausgehen

Passiver Ausgleich

- Gesichts-/ Körperpflege
- Aromatherapie
- Besuch im Kosmetik-Salon
- entspannende Musik
- ein gutes Buch lesen
- Film oder Video ansehen
- kreatives Gestalten

Stress natürlich abbauen

Die drei häufigsten Ursachen von Stressbelastungen sind psychosoziale Konflikte wie z.B. Probleme mit dem Partner, Kind oder Chef, das Nichterreichen von festgesetzten Zielen und die Unerfüllbarkeit von als notwendig empfundenen Bedürfnissen. Dies alles sind Probleme, die keineswegs verdrängt werden sollten. Verdrängen führt letztlich zu chronischem Seelenstress mit massiven Problemen für Gehirn und Psyche. Es gibt nur einen Weg durch das Dilemma: Augen zu und durch - allerdings immer darauf vertrauend, dass am Ende wieder alles gut wird. Das Vertrauen auf eine Lösung schützt das Gehirn vor krankmachendem Druck. Zudem nutzt man so die kreative Chance für für neue Ideen, für neue Lebenswege.

Alles wird gut

In scheinbar total verfahrenen Situationen sieht man oft vor lauter Bäumen den Wald nicht mehr. Wenn man tatsächlich tief in einer Krise steckt, dann hilft nur der Blick von außen auf das Problem. Und dabei können Freunde sehr hilfreich sein. Sie sehen die Probleme mit anderen Augen und können so an Ihrer Seite helfen, eine Lösung zu finden.

Natürliche Stressblocker

Es gibt eine Reihe von natürlichen Stressblockern aus der Naturheilkunde, die die negativen Stressauswirkungen auf das Gehirn hilfreich mindern.

5 TOP-Stressblocker

1. Magnesium: Das Mineral ist der Stressblocker Nr. 1. Es aktiviert mehr als 300 Enzyme, stellt die Gefäße weit und organisiert die Sauerstoffversorgung der Nervenzellen. Wirksame Tagesdosis: 400-600 mg.

2. Vitamin C: Schon 400 mg Vitamin C vermindern wirksam die Ausschüttung von Stresshormonen wie z.B. Cortisol. Am besten viel Vitamin-C-reiches Obst über den Tag verzehren.

3. Melisse: Ihre etherischen Öle wirken direkt im limbischen System und sorgen so für wohlige Entspannung. 3 TL Melissengeist über den Tag verteilt reichen für die positive Wirkung.

4. Ginkgo: Bei Stress bilden sich verstärkt freie Radikale, die die Zellen schädigen. Ginkgo-Tabletten helfen, diese aggressiven Moleküle in Schach zu halten.

5. Lavendel: Aroma-Therapie vom Feinsten. Ein paar Tropfen in die Aroma-Lampe geben und entspannen. Stress-Symptome lassen bereits nach 10 Minuten deutlich nach.

BALANCING

Die harmonische Anti-Stress-Therapie

Er ist der größte Feind unserer Gesundheit: Stress. Ob im Beruf, in der Familie oder in der Partnerschaft, auf Dauer macht Stress krank. Kopfschmerzen, Magenprobleme, Bluthochdruck oder Verspannungen sind typische Symptome. Wenn aber die Symptome verdrängt werden, richtet Stress allergrößten Schaden im Körper an. Deshalb ist es so wichtig, Stress mit gezielten Maßnahmen entgegen zu wirken.

Die Bereiche Gesundheit, Beauty und Wellness sind seit mehr als 30 Jahren meine ganz große Leidenschaft. In dieser Zeit habe ich vieles probiert und getestet und dabei so manch interessante Entdeckung gemacht. Ich habe wirksame Mittel und Methoden kennengelernt, aber auch viele Enttäuschungen erlebt. So versprechen viele Hersteller das Blaue vom Himmel, machen viel Geld mit ihren Möchtegern-Wundermittelchen, und lassen uns Verbraucher nur im Stich. Nix mit Anti-Falten-Wirkung, keine Fettkiller, Haarwuchs-mittel und andere Sensationen. Alles nur reine Geldschneiderei!

Große Versprechen

Meine wichtigste Erkenntnis bei den vielen Tests: Wenn ein Mittel wirklich gut ist, dann braucht es seine Zeit bis es richtig wirkt. So braucht junge Haut rund vier Wochen, um sich zu erneuern. Ältere braucht sechs Wochen und länger. Schneller ist keine wirklich „eingreifende" Wirkung von einer Anti-Falten-Creme zu erwarten. Es braucht mindestens einen Hauterneuerungs-Zyklus, bis man Ergebnisse wirklich sehen kann. Wer da etwas anderes verspricht, der lügt!

Ausdauer und Geduld

Wenn Sie also zum Beispiel eine neue Creme probieren möchten, dann geben Sie ihr die entsprechende Zeit. Das gilt natürlich auch für meine Schönheits-Rezepte: Alles braucht seine Zeit, um sichtbare Ergebnisse zu liefern. Nur bei meinen Rezepten weiß ich, was ich Ihnen empfehle und wie toll diese wirken. Einfach einzigartig gut! Ich selbst verwende inzwischen fast nur noch meine eigenen Schönheitsmittel, weil ich dann genau weiß, was drin ist und wie sie wirken. Nur soviel dazu: Schönheitschirurgen würden bei mir am Hungertuch nagen!

Noch mehr Anregungen

Im Laufe der Jahre habe ich natürlich eine Menge tolle Rezepte und Methoden entwickelt. In diesem Ratgeber verrate ich Ihnen meine allerneuesten Errungenschaften. Wenn Ihnen meine Tipps und Rezepte gut gefallen, dann freue ich mich natürlich für Sie. Wenn Sie gerne noch mehr Tipps und Tricks von mir kennenlernen möchten, dann lesen Sie ruhig auch meine anderen Ratgeber. Sicher finden Sie darin noch viele weitere Anregungen, hilfreiche Tipps und Rezepte.

Ihr ganz persönliches Behandlungs-Konzept

Einfach ankreuzen und nach Vorgabe im Ratgeber behandeln

Ernährung - Basis für unsere Gesundheit

☐ **Durchblutungsstörungen und Leistungsschwäche**

> Ginkgo-Präparat nach Gebrauchsanweisung: mit der niedrigsten Dosierung anfangen (Seite 103)

☐ **Übergewicht**

> Amara-Tropfen: Dosis laut Gebrauchsanweisung jeweils 15 Minuten vor dem Essen (Seite 107)

☐ **Häufige Infekte, zur Abwehrstärkung**

> Tafel-Meerrettich 1 x tgl. 1 TL nach dem Frühstück
oder Tabletten aus der Apotheke nach Gebrauchsanweisung (S. 111)

Beauty - älter werden und jung bleiben

☐ **Hautpflege, Faltenschutz, Mimikfältchen**

> Mumienöl morgens und abends in die Haut massieren (S. 115)

☐ **Falten, schlaffe Haut, Cellulite, vollere Lippen**

> Vakumassage mit Mumienöl: 3-4 x wöchentlich 2-3 Min. (S. 117)

☐ **Pigmentstörungen und Altersflecken**

> Uva-Ursi-Tinktur: 2 x täglich wie Gesichtswasser anwenden (S. 119)

☐ **Cellulite und Haarausfall**

> Kaffeepeeling in der Dusche 2 x wöchentlich (S. 121)
> Coffein-Tinktur für die Kopfhaut zur täglichen Anwendung (Drogerie)

☐ **Hautstraffung an den Beinen**

> Salzhose 1 x wöchentlich (S. 123)

Wellness - glücklicher ohne Stress

☐ **Stress-Symptome**

> Balancing: Musik, Relaxen, Aromatherapie, Sport etc. (S. 127)

Was sonst noch wichtig ist...

Manchmal sind es nur Kleinigkeiten, die viel ausmachen. Und viele Kleinigkeiten machen oft mehr aus, als eine radikale Veränderung. Das trifft besonders in Sachen Schönheit zu. Wenn Sie mit Ihrem Aussehen unzufrieden sind, dann müssen Sie nicht gleich einen Termin beim Schönheits-Doc machen. Sehen Sie sich doch mal all die verunglückten Beauties an: Schlauchbootlippen, Schreckschraubenblick oder Tennisball-Möpse verunzieren so viele von ihnen. Ganz zu schweigen, was aus so mancher Fettabsaugung so wird. Bleiben Sie lieber so wie Sie sind und verändern Sie nur Kleinigkeiten, die später insgesamt ein harmonisches Ergebnis liefern.

Weniger ist oft mehr

Eine knackigere Figur, glattere Haut, volles Haar, prallere Lippen und vieles mehr - all dies können Sie mit meinen Methoden auf die sanfte Tour erreichen. Alle Behandlungen funktionieren wunderbar, die Ergebnisse können sich sehen lassen. Nehmen Sie sich die Zeit, um Schritt für Schritt Ihr Aussehen zu verbessern. Und sparen Sie dabei noch eine Menge Geld!

Ihr persönliches Konzept

Legen Sie aber bitte nicht einfach wahllos mit irgendwelchen Methoden los, um sie nur mal zu testen. Das bringt nichts. Sie müssen schon konsequent am Ball bleiben und eine Methode auch bis zum erreichten Ziel durchführen. Am besten machen Sie sich einen eigenen Beauty-Plan und notieren sich die Kleinigkeiten, die Sie gerne verändern möchten. Der Überblick auf der vorherigen Seite hilft Ihnen dabei. Kreuzen Sie einfach Ihre persönlichen Behandlungswünsche an und führen Sie die jeweiligen Behandlungen sehr konsequent durch. Vielleicht machen Sie noch vor Ihrer Beauty-Kur ein paar Fotos von sich selbst, damit Sie die Veränderung auch später genau begutachten können.

Tüpfelchen auf dem „i"

Sie werden feststellen, dass schon nach wenigen Wochen alles besser wird. Sie werden schöner, knackiger und glücklicher. Und wenn Sie sich am Ende noch mit einem schönen Parfum, einem hübschen Outfit oder mit einer neuen Frisur belohnen, dann ist die Verwandlung perfekt. Seien Sie einfach gespannt auf die Reaktionen in ihrem Umfeld!

Ein paar Worte zum guten Schluss

Unsere Gesundheit, unsere Schönheit und unser Wohlbefinden sind wie ein komplettes System, das nur dann perfekt funktioniert, wenn auch alle Systemteile harmonisch miteinander arbeiten. Wenn jedoch nur ein Teil ausfällt, dann streikt das ganze System. Wenn wir krank sind, dann sehen wir auch nicht gut aus und fühlen uns in unserer Haut nicht wohl. Deshalb sollten wir alles Mögliche für unsere Gesundheit, Schönheit und Wellness tun. Angefangen bei einer gesunden, abwechslungsreichen Ernährung über eine hauttypgerechte Pflege bis hin zu einem Wohlfühlprogramm haben Sie bisher in diesem Buch alle wichtigen Maßnahmen zur Pflege von Körper und Seele kennengelernt. Nun müssen Sie diese einfach nur umsetzen, um von deren positiven Wirkungen zu profitieren.

Tritt in den Allerwertesten

Ist ja alles schön geschrieben, denken Sie jetzt vielleicht. Jawoll! Ich habe mir auch ziemlich viel Mühe gegeben, Ihnen wirklich absolut innovative Behandlungsmöglichkeiten in diesem Ratgeber vorzustellen. Ich habe sogar lange überlegt, ob ich Ihnen diese überhaupt verraten soll. Und nun habe ich es getan. Jetzt liegt es einfach nur an Ihnen, was Sie aus meinen Ratschlägen machen. Ich weiß selbst sehr genau, dass es nicht immer einfach ist, sich zu einer neuen Sache zu überwinden. Wenn man erstmal so im Trott klebt, dann ist alles Neue wie eine schwere Hürde, die man nehmen muss. Springen Sie einfach über Ihren Schatten. Treten Sie sich selbst in den Allerwertesten und fangen Sie noch heute mit der Umsetzung meiner Ratschläge an. Ich verspreche Ihnen, es lohnt sich für Sie!

Einmal Zukunft und zurück

Denken Sie mal an Ihre Zukunft. Wie stellen Sie sich diese überhaupt vor? Schön natürlich! In nur wenigen Wochen können Sie Ihr ganzes Leben umkrempeln: ein paar Pfunde weniger auf den Hüften, eine knackigere Figur, um Jahre jünger aussehen und obendrein viel gesünder und besser drauf sein - die Anleitung dazu haben Sie gerade gelesen. Jetzt müssen Sie diese einfach nur noch in die Tat umsetzen...

Viel Erfolg dabei!

Ihre Vanessa Halen

Die Wellness-Infoseite

Gesundheit, Beauty & Wellness

...verbessern Sie Ihr Leben!

Besuchen Sie die Homepage von Vanessa Halen

Gratis-eBooks, außergewöhnliche Rezepte oder erstklassigen Rat bei vielen Problemen wie Übergewicht, Falten, Haarausfall, Potenzschwäche und vieles mehr - auf der Wellness-Infoseite erhält jeder Besucher kostenlose Hilfe rund um die Gesundheit, Schönheit und Wellness. Die Autorin verrät hier die besten Tipps und Tricks und stellt ihre eigenen Ratgeber vor.

Das finden Sie auf der Wellness-Infoseite

Über die Autorin - Wissenswertes über Vanessa Halen als Expertin für Gesundheit, Schönheit und Wellness.

Ein neues Leben! - Wie man in Krisenzeiten sein Leben neu ordnet und so neue Lebensfreude für sich entdeckt.

BioAging - Bleiben Sie jung und verbessern Sie Ihr Aussehen mit natürlichen Anti-Aging ohne Hormone.

Die neuen Schlank-Pusher - Endlich schlank ohne Diät mit dem ganzheitlichen Schlank-Konzept und den neuen Schlankstoffen.

CyberBeauty - Die unglaubliche Entführung in die ferne Zukunft und was wir daraus lernen können.

Tipps & Tricks - Die besten Tipps und Tricks sowie außergewöhnliche Rezepte für Ihre Gesundheit, Schönheit und Wellness.

News - Aktuelle Informationen und Tipps sowie kostenlose eBooks zum Downloaden als Geschenk für alle Besucher.

www.wellness-infoseite.de